二見サラ文庫

筐国花煌演義2
～本好き公主、いざ後宮へ～

野々口 契

Illustration
漣ミサ

本文Design
ヤマシタデザインルーム

C O N T E N T S

登場人物紹介

煌月《こうげつ》

笙国の王。両親の死の謎を探るためあらゆる生薬の知識を修め、興味の対象ももっぱら薬。愚王を演じるが、聡明でとにかく顔がいい。

虞淵《ぐえん》

笙国の将軍。実家の汪家で少年時代の煌月を預かっていたため、幼馴染のように育つ。

文選《ぶんせん》

笙国の文官。父は丞相で自身も将来を有望視されている。煌月のお目付け役で愛妻家。

紫蘭《しらん》

黒麦の病を意図的にはびこらせた黒幕。捕縛されるものの脱獄し、逃走。

主な国

笙《しょう》……大陸一の交易国。今は繹の支配下にある。

冰《ひょう》……製鉄と武器製造を得意とする南の国。

繹《えき》……貧しい土地柄のため侵略によって国力を蓄えている。

花琳《ふぁりん》

冰国の第三公主。喬国に輿入れ予定だったが、王太子が急逝したため経由地の笙国にとどまることに。恋愛物語の本を読むのが大好き。

白慧《びゃくけい》

花琳お付きの宦官。女装が得意だが腕っぷしも強い。

風狼《ふうろう》

花琳の飼い犬。

これまでのあらすじ

旅の途中、暴漢に襲われたところを煌月と虞淵に助けられた花琳は、お気に入りの物語『桃薫伝』の主人公の如き煌月の美しさに心奪われてしまう。しかし婚約者の喬の王太子が流行病で急逝、その黒麦による病が笙の市中にもはびこりだし、煌月たちは対策に奔走することに。煌月が繹の目を欺くためぼんくらを装っていたと知った花琳は、長年にわたり彼が探し求めていた両親の死の真相にたどり着いたのを見届け、名残惜しくも冰へ出戻ったのだった——。

序章　筐国の王、月餅を食し溜息をつく

時は秋。

空は高く澄んでおり、時折夏の名残《なごり》のような強い日射《ひざ》しはあるものの風は爽やかな季節となった。

龍江《りゅうこう》の華と呼ばれる筐国《しょうこく》の都、——哥《か》では街のそこかしこに菊や鶏頭《けいとう》が美しく咲き乱れている。道行く人々はそれらを愛《め》でながら、近く訪れる十五夜に向けて月餅《げっぺい》をこぞって求めるのであった。

満月に見立てたこの月餅という菓子は、十五夜にはなくてはならないものである。そのため十五夜のひと月ほど前から哥中の菓子店では一斉に月餅が売り出されるのだが、それぞれ店によって趣が違うとあって、味比べをするのがこの時期の娯楽であった。それゆえ人気の店ではたいそうな行列になっている。ことに餡《あん》の中に乾燥した果実や木の実をふんだんに入れ、また皮にも繊細な細工を施している老舗《しにせ》、華慶楼《かけいろう》の月餅はすこぶる人気で、手に入れるのがかなり難しくなっているとも言う。

華慶楼の月餅を食すことができた者はこの先一年幸運であると言われるほど。そんなわけで、誰も彼もが口を開くと月餅の話しかしないのである。

それは笙国の王が住まう紫龍殿《しりゆうでん》でも同じであった。

「――ほう、見事なものですね」

笙国の王、煌月《こうげつ》は人の顔ほどもある大きな月餅を前に感嘆の息を漏らした。

その月餅には煌月のいるこの紫龍殿が描かれており、目にも非常に美しいものである。これだけの細工をするにはかなりの技術が必要であることが素人目《しろうとめ》にもはっきりとわかる、とても美麗な菓子であった。

「それはそうでしょう。なにしろ華慶楼の月餅ですから」

月餅を持ってきた劉文選《りゆうぶんせん》は得意げに答える。

文選は文官であるが、丞相《じようしよう》劉己《りゆうき》を父に持つ、煌月にとっては兄のような存在である。またその聡明《そうめい》な頭脳から劉己を補佐し、笙という国を支えている。いずれは父の跡を継ぎ、丞相になるのも時間の問題と言われている男であった。

「華慶楼というと、あの評判の店か？」

「ええ。なんでも毎日毎日、月餅を求める行列が一里とも二里とも言われておりますね。夜明け前から並ぶ者もいるようですよ」

「それはすごい」

もうひとつ煌月は感嘆の息を漏らす。月餅を買い求めるために一里も二里も並ぶというのがまず驚きに値する。こう言ってはなんだが、煌月は王という立場もあって、なにかを買い求めるために並んだことはない。

おしのびでこっそり街中へ出向くことはあるものの、だいたい家臣に申しつければ、用は済んでしまう。

(近頃市中にも出ていませんでしたし、近々並んでみましょうか……並ぶというのもなかなか楽しそうですね)

内心でそんな計略を立てているのが文選にはわかったらしい。煌月様、と低い声で呼ぶなり彼は続けた。

「おそらく明日、華慶楼に並んでみよう、なんて思っているでしょうけれど、明日こそは溜《た》まった仕事を片づけてもらいますからね」

先手を打たれ、じろりと睨《ね》めつけられてしまった。

「……わかりましたよ」

心の内を読まれ、煌月は深く息をつく。

文選の言うこともっともで、確かに仕事は溜まっているのだ。

というのも、春に起きた大きな事件──黒麦による病は喬《きよう》の王太子や国民のみならず笙の国をも灰燼《かいじん》に帰そうとし、煌月の命も狙《ねら》われることとなった。さらにかねてより煌月の命をつけ狙っていたのが、先王の妃《きさき》である湖華妃《こかひ》であったことも明らかになり、その当の湖華妃は自死してしまった――の事後処理に追われ、この数ヶ月というもの、ほとんど宮中から出ていないのである。

だが、まだ黒麦の影響は残っており、すべてが元通りというわけにはいかない。確かに麦に代わるそばの栽培は上策ではあったが、いつまでもそばだけを栽培するということはできないのである。やはり小麦も必要で、そのためには今後も農地については頭を悩ませなければならなかった。

黒麦というのは麦の病によりできるもので、黴《かび》の一種が麦の穂に感染すると、穂が黒色に変色し、毒を産生するのである。その麦の毒を摂取すると、手足に熱感を持ち、その後壊死《えし》に至る。それだけでなく幻覚作用も持ち精神異常をきたし、さらに手足は痙攣《けいれん》を起こすなど様々な症状を呈するのであった。

元が黴であるため、一度汚染されると健康な麦と選《よ》り分けることが困難になる。麦穂の黒く変色した部分を取り除けばいいのだが、今後は麦を検査する部署が必要になるため、仕事が増えることになったのだ。

それゆえいくら煌月といえど、しばらくは市中へ出ていけそうにないのである。

「おわかりになればよろしいのです。明日には検査所も整いますゆえ。煌月様の道楽もこれでお役に立つときが参りましたよ」

文選が嫌み交じりに言い、それを聞いて煌月がぴくりと眉を上げる。

煌月はありとあらゆる植物の薬能を頭の中に入れ、様々な薬種を使いこなすほどの腕前を持っている。特に毒物の知識に長《た》けているため先の黒麦の病に気づき、よって笙国全体に蔓延《まんえん》する前に防ぐことができたのである。

ただ、生薬に対する興味が先に立ってしまい、常々あらゆることをほったらかして、薬種問屋に通い詰めたり、自らの医術によって市井の人々を治療して歩くという趣味があったりするため、文選に道楽と言われてしまっているのだが。

「道楽ではないが、まあ、いい。……それで、なぜその評判の店の月餅がここに？　まさか文選が並んで買ってきたというわけではないでしょう？」

小さく息をついて煌月は文選をちらりと見た。

文選は顔色ひとつ変えずに「並びませんよ」と答えた。

「ふむ……では虞淵《ぐえん》ですか？　あれも甘いものには目がありませんからね」

「残念ですが、それも違います。これは華慶楼から贈られたものですよ」

「華慶楼が？」

煌月は目を見開いた。

「ええ」

「しかしなぜ。今まで華慶楼は一度も貢ぎ物など持ってこなかったはずだが」

「そうですね。きっと気が向いたのでしょう。なんといっても娘御が後宮に入るのですから」

ごくあっさりと文選がそう言った。

それを聞いて怪訝《けげん》な顔をしたのは煌月だ。

「後宮……？」

眉を寄せて、じいっと文選を見、呟《つぶや》くように口にする。

「はい」

笑顔のまま、文選は頷《うなず》いた。

「文選……聞き間違いではないですよね？　今、私の耳には『後宮』と聞こえたような気がしましたが、どちらの後宮かな？」

「ここです」

これまた、ごくごく当たり前のように文選が短く答えた。

「ここ……とは？」

さすがの煌月も文選に聞き返す。

ここ、というのはこの紫龍殿の……ということか。

現在紫龍殿には形ばかりの後宮があるが、そこはほとんど機能していない。先王の妃嬪《ひひん》と煌月の弟妹がいるのみで、煌月自身に妃嬪は存在しない。

まさかと思いながらも、自分の聞き間違いの可能性もなくはない。そう、そもそも常日頃から煌月は後宮にまったく関心がないことで通っている。箜国の王は美しい姫よりも葉っぱや根っこにご執心だと、この紫龍殿ではもっぱらの評判なのである。

「なにをとぼけたことをお聞きになってらっしゃいますか」

あーあ、と呆《あき》れたように文選が空を仰ぐ。

「まさか……文選、よからぬことを考えておるのか……？」

煌月はごくりと息を呑《の》んで、おずおずと口を開く。聞かれた当の文選はけろっとして

「別に」と嘯《うそぶ》いた。

「よからぬことなんてとんでもない。とてもよいことですよ。なにしろ主上《おかみ》を殺《あや》めよう、と長年企《たくら》み続けた湖華妃はもうおりません。命を狙われることもなくなったわけですから、煌月様にはこれを機に正妃をお迎えいただきますよう」

にっこりと微笑《ほほえ》みながら文選が言う。

「文選……」

予期していなかった展開にさすがの煌月も言葉が出てこない。文選にしてみれば、してやったりといったところだろう。

のらりくらりと正妃を迎えることを避け続けた煌月を文選はなんとかしたいと思っていたが、これまでは叶《かな》わずじまいであった。というのも、それこそ彼は命を狙われ続けてい

たため、正妃を迎えても、その姫も命を狙われることになるという懸念があった。そのため無関係な人間を危険にさらしたくないという思いから、正妃を迎えることを先延ばししていたのである。また先王の死の真相を明らかにすることが彼にとってなにより優先事項だったこともある。そのため、婚姻に関して煌月は非常に無関心であったのだ。

しかし、繹《えき》の属国とはいえ、一国の王である。このままこの国を維持していくためにも世継ぎが必要となってくる。

「いいですか、煌月様。灼《しゃく》の王は煌月様よりも年若いというのに、すでに三人の男子をもうけられているのですよ。これで国は安泰と、灼では大喜びだそうで。それに比べて……」

と言いつつ、文選は煌月を横目で見る。

次に文選の言うことは煌月にもよくわかっていた。

確かに世継ぎの問題が、国にとって重要だというのは煌月とて理解している。

この国も煌月に続く者がいなければ、すぐにでも繹に乗っ取られてしまうからだ。それは重々理解している。

「煌月様もいい加減いいお年なのですから、そろそろ真剣にお考えください。……といっても、主上は自ら腰を上げないと思っていましたので、私が後宮に正妃候補を数名お迎えすることを決めました」

きっぱりと言う文選に煌月はぐうの音も出ない。あちこちから持ち寄られる縁組みを断り続けてきたのは煌月のほうであるし、その言い訳はもう通用しなくなっている。

文選は煌月がまた妙な言い訳を考えつく前に、と素早く行動したのだろう。彼も非常に賢《さか》しい男である。

「華慶楼の娘御はたいそう美しいと評判でしてね。あの店主の妻は貴族出身で、その貴族を後ろ盾にしておりまして。……そんなことで、まあ、この月餅がやってきたということですよ」

文選が言いながら、月餅へ視線を移した。

この筐は交易で栄えていることもあり、商人の力はかなり強い。大店《おおだな》となるとそこいらの貴族よりもずっと地位が高いのである。よって、貴族の娘が大店に嫁ぐことはままあることであった。

丸い見事な月餅を目の前に、煌月は大きく溜息《ためいき》をつく。食べる気まんまんだったのだが、一気に食欲が失《う》せてしまった。

「召し上がってはいかがですか？　どうせ食べようが食べまいが、近々後宮にその娘御がやってくるのですから」

「そういうことではないよ」

煌月は少しだけ恨みがましい目をして文選を見る。

おそらく文選も煌月の身を案じて、このような強引な手に訴えたのだろう。互いに長い付き合いだ。文選は煌月にいちいち伺っていては物事が進まないと考えたため、勝手な振る舞いをしたのに違いなかった。

（正妃か……わかってはいるのだが……）

頭では理解していても、今ひとつピンとこない。王の婚姻など、感情に任せてするものではなく、ただの繫《つな》がりでしかないことは珍しくない。というより、むしろそういうものだと煌月も認識していた。

宮女に人気の恋物語のように、身も心も焼き尽くすような情熱的な恋愛をして結ばれるものではない。それは架空の世界の夢物語だからこそあり得るのであって、煌月のような人間には無縁のものだ。

（ああ、恋物語というと……そういえば、恋物語に胸をときめかせていた姫がいましたね）

煌月はひとりの少女の顔を思い浮かべながら、小さく微笑んだ。

それはこの春、ひょんなことから知り合いになった、花琳《ふありん》という氷国《ひょうこく》の公主であった。本好きであった彼女のおかげで、長年自分の命をつけ狙っていたのが先王の妃嬪である湖華妃であったことがわかったのである。また、黒麦の事件に際しても、彼女がこの国を訪れたことが解決への糸口となった。

（花琳様はまだ物語を読んでおられるのかな）

恋物語に頬を染めてうれしそうに語る花琳はとても可愛《かわい》らしかった。無邪気で明るくて物怖《ものお》じしない性格の彼女と話をするのは煌月も楽しかった。

——煌月様、今度私のお勧めの物語をお送りしますね！　絶対読んで……！

そう言って、去ってしまった彼女から本当に送られてきた物語は、身分を偽って諸国を漫遊していた皇帝と貴族の姫との物語だった。確かに花琳がのめり込むだけあって、こういう恋愛は女性が憧れるものなのだろう。

（嫁ぐのなら煌月様のところがいいかなって思うの、ともおっしゃっていましたね）

そんな突拍子もないことを言うくせに、別れ際に手を握ってと求められて、そうしたら頬を真っ赤に染めて……そういう意外性が可愛らしい公主だった、と煌月は思い出していた。

そのとき、「ああ、そうそう」と文選がいかにも今思い出した、というように口を開く。

「以前お見えになられた、氷の花琳様も近々後宮入りされますよ」

にやりと笑う文選のその言葉に、煌月は今度こそ声も出なかった。

なにがよからぬことは考えていない、だ。

どの口が言うのか、と煌月は文選を睨《にら》みつける。勝手に後宮に妃嬪を迎え入れることを決めただけでなく、花琳までも呼び寄せてしまうとは。

「おやおや、そんな顔なさって。たいそうご機嫌斜めのようですが、花琳様をお迎えするのはご都合が悪かったでしょうか」

「文選……」

「珍しく主上が気を許したように思えていたのですがね。花琳様なら氷の公主でいらっしゃいますし、正妃としていらしてもなんの問題もない立派なご身分です。おまけに花琳様が正妃になられるのでしたら、氷との繋がりもこれまで以上に強いものになる。いいことずくめじゃありませんか」

ふふん、と文選が得意げに話す。

花琳のいる氷とは元々友好的な付き合いをしている。氷はさほど大きくないが武器製造に長けた国である。よって氷と繋がりを持ちたい国はこの筌だけでなく、他にも山ほどあるのだ。

そのため筌としては花琳がこの国に輿入《こしい》れするのは願ったりというところなのである。

それに加えて、煌月が花琳へ心を開いていたということもあった。

傍《はた》から見ても、互いに憎からず思っているのがよくわかったのだが、煌月は花琳を引き留めることなくそのまま国元へ戻してしまっていた。

「幸い氷からはぜひに、ということで色よい返事をいただいておりまして、花琳様ももうあちらをご出立されている頃と存じます。——煌月様もお心をお決めなさいませ」

文選が言うには華慶楼の娘とそれから花琳、その他にあと二人ほどが後宮入りをするのだという。いずれも名家の令嬢であり、誰が正妃になってもおかしくない。

心を決めろ、という文選に煌月は目を合わせることができなかった。

筌という不安定な国へ嫁げば、本人のみならず周囲へも少なからず影響を及ぼす。汚かったり、見たくなかったりするものも目にしなければならないこともあるだろう。

（また、花琳様を巻き込んでしまう）

花琳を国元へ帰したとき、引き留めなかったのは、そういう醜いものを花琳に見せたくなかった、ということもあった。しかしどうやら煌月の願いを天は聞き届けてくれなかったらしい。

困ったものだ、と煌月は大きな溜息をつくのみだった。

第一章　花琳、再び笙の土を踏み、いざ後宮へ

「ほら見て！　白慧《びゃくけい》！　龍江よ！　龍江が見えてきたわ！」

花琳《ふぁりん》は車から身を乗り出して声を上げた。

久しぶりの龍江である。といっても、たった数ヶ月ほど前のことであるが。しかし花琳にとっては、氷《ひょう》に帰ってからの日々、時間が過ぎるのがひどく長く感じられてならなかったのである。

花琳が笙《しょう》にいたのはほんのひと月足らず。なのに、何年もいたのではないのか、というほど充実した毎日を過ごしていた。それまで、氷の宮殿で窮屈な生活を送っていた花琳であったが、ひょんなことから笙の王、煌月《こうげつ》と出会ったことで一変した。

はじめ花琳は笙ではなく、喬《きょう》という国の王太子の元へ嫁ぐ予定で、その国へ向かっていた。少々特殊な事情から従者を限って旅をしていたのだが、途中、この笙にたどり着いたときその王太子が亡くなったことを知ったのである。だが、喬から王太子逝去の正式な布令は出されておらず、それゆえ笙から先へ進むこともできなければ、氷に帰るわけにもい

かずにいた。そうして立ち往生していたところを笙王、煌月に助けられたのである。期せずして煌月の元に身を寄せることになったのだが、それはまるで物語のような日々であった。確かに危険な目にも遭ったが、それ以上にわくわくした毎日を過ごすことができたのである。おかげで氷に戻ってからというもの退屈でたまらなかった。

（美しい煌月様のお顔も見られないし！　まああああったく、ときめきもないし！　心の潤いが全然ないのだもの！）

笙に滞在していたときには幾度となく見ることができた、麗しの王。見ているだけで、肌の潤いも艶も百倍増しそうになる……いや、なっていたはずである。寿命だって、二十年は長くなりそうな、あの目映《まばゆ》いばかりの顔《かんばせ》。

最後に握ってくれた手は洗わない、と宣言したものの、一日も経《た》つと白慧に「いけません！」と、ばしゃばしゃ洗われてしまった。麗しの君と触れたときのあれやこれやが水に流れてしまい、なんなら洗った水を飲み干そうとまで考えたがそれも叶わず……あのときは心底白慧を恨んだものだ。

（ああ、でも、これでまたお会いできるんだわ。そう……この前読んだ、『甜甜蜜蜜《てんてんみつみつ》』というお話。あのお話では、偶然旅先で出会った二人が離ればなれになって、その後運命の再会を遂げたけれど、もしかしたら私も……！）

最近、花琳がはまっているのは、再会ものの恋愛物語である。もちろん自分が煌月とどうこうなれるとは思っていない——いや、ほんのちょっぴり、爪の先ほどは思っているが、妄想くらいは年頃の乙女ということで許してほしい。

なにしろ、これからは後宮での生活が待っている。これが浮かれずにいられるものか。

「花琳様」

はしゃぐ花琳に、従者である美貌の宦官《かんがん》、白慧が諌《いさ》めるように名前を呼ぶ。

この白慧、花琳が幼い頃からの教育係でありお目付役であり、加えて武道の達人であることから護衛も兼ねていた。よって、花琳の一番の理解者であるが容赦はない。

「なっ、なによ」

「旅行に行くわけではないのですからね。花琳様憧れの煌月様にお会いできて、筐で暮らせるとはいえ、あまりはしたない真似《まね》はなさいませんように」

じろりと横目で見られ、花琳はぷうっとふくれっ面をした。

「べっ、別にはしゃいでなんて……！　龍江がきれいだったから、ちょっと大きな声を出してしまっただけよ」

まったく鋭い。本当に鋭い。ふくれっ面をしてみせたのも、図星だったのをごまかすためだが、白慧には心を読む能力でも備わっているのだろうか。

「そうですか。ではそういうことにしておきましょう。ですが、これから花琳様は正妃候補として後宮にいらっしゃるのです。もう小さなお子様ではないのですから、大きな声もほどほどに。浮かれてばかりいると、またどこぞの悪漢に拐《かどわ》かされますよ」

ぴしりと言われて、花琳はおとなしくなった。それを言われると、なにも言い返せなくなる。

「……わかってます」

無鉄砲な花琳も一応は学習している。以前、笙の都である哥《か》にて白慧の言うことを聞かなかったばかりに、狼藉者《ろうぜきもの》に連れ去られそうになったことがある。自慢の耳のよさを活躍させる機会もないまま襲われて、あのときは心底恐怖を感じたものだ。いくら楽天的な花琳でもさすがに反省した。

白慧に叱られて、しゅんとしょげた花琳に脇にいた白い犬がクウン、と慰めるように彼女へすり寄った。この白い犬は風狼《ふうろう》といい、花琳の一番の親友である。とても勇敢で、件《くだん》の拐かしのときにも、男たちに立ち向かっていった。その戦いぶりに煌月の親友である笙の将軍、汪虞淵《おうぐえん》も感心したほど。花琳の自慢の友である。

「風狼、ありがとう。……そうよね、あのときは風狼にも迷惑かけてしまったものね」

白慧の言いつけを守って、花琳はおとなしく座り直した。

そう、あまり我が儘《わがまま》を言うと、今後に影響してしまう。これからの暮らしを考えるなら、今はきちんといい子でいなければ、と花琳はうずうずする気持ちを抑え、ひたすら我慢をする。

（これからまた筌で暮らせるのだから、少しくらい辛抱するわ）

殊勝な態度で花琳は白慧の言うことを聞く。

なにしろ待ちに待った筌暮らしだ。しかも自分の推し――いや、憧れの君である煌月の後宮に――しかも正妃候補として――入ることになったのである。この話を聞いたときには花琳も耳を疑ったのだが、同時に飛び上がりたい気持ちになっていた。

（だってだってだって！　だってまた煌月様のお顔が見られるのよ……！　あの美しいお顔も！　涼やかなお声も！　これからずうううっと見放題、聞き放題なの！）

自分が正妃候補であることなどそっちのけで、油断すれば緩んでしまう頬を無理やり引き締めつつ、浮かれている気持ちを白慧に悟られまいと顔をやや俯《うつむ》けた。こうしていれば、少しはしおらしく見えるだろう。

「だいぶ聞き分けがよくなってようございました。煌月様とは知らぬ仲ではないとはいえ、今度はただの客人ではなく、これからあちらで暮らすのですからね。喬のときのようにまたうまくいかなかったら、花琳様は今度こそただの穀潰《ごくつぶ》しになってしまいます。だからこそ、以前のような失礼な振る舞いは――」

「わ、わかってます！　わかってますから」

「おわかりになっているならいいでしょう。……いいですか、くれぐれも紫龍殿から追い出されないようになさいませんと。花琳様にはもう後がないのですからね」

言い終えて、はあ、と白慧は大きく溜息をついた。

彼が溜息をつきたくなるのもよくわかる、と花琳は見えないように小さく肩を竦《すく》める。

というのも、出戻り（？）の花琳は国元へ帰ってから腫《は》れ物に触るように扱われていたのである。花琳本人は輿入れできなかったことについてはまったく気にしていなかったが、周囲が「せっかくのよいお話だったのに、王太子が亡くなったなんて。きっと花琳様はお気を落とされているはず」と気遣ってくれた。

はじめは気落ちしているだろうから、と賑《にぎ》やかな宴《うたげ》に引っ張り出されることもあったのだが、冰には鳳梨《ほうり》もなければ、梅の砂糖漬けもない。あまりにつまらなくて、途中で退席したところ「きっとこんな宴も楽しむことができないほど、悲しんでいらっしゃるのだわ」と勝手に解釈されて、以来、そういう場に呼ばれることもなくなった。

申し訳ないと思うが、会ったことのない喬の王太子が亡くなったことは、それはそれでとても残念な気持ちにはなったし可哀想《かわいそう》だとも思い同情もしたが、花琳自身それによって悲しいという感情はほとんどなかった。

しかし、気落ちしていたのはある意味正しい。

なにせ桃源郷かと思うような、笙での日々を手放して帰ってきたのである。

美しい煌月の顔を拝めるわけでもなく、珍しい果物があるわけでもなく、また大きな書《しょ》肆《し》があるわけでもない。哥の街にはおしゃれな布や宝飾品が溢《あふ》れていて、見るもの聞くものすべてが花琳を虜《とりこ》にした。まさしく夢のような日々から一転、元の窮屈な生活に戻ったのである。多少は物足りなく思うのも当然と言えよう。

ともかく、少々元気がなくなった花琳のことを周囲がちょっぴり誤解し、心労のあまり病に臥《ふ》せったのでは、という噂《うわさ》もたち、周囲が当たらず障らずという態度を取ってくれたおかげで、花琳としては退屈ながらも満足に過ごせていた。なにしろ本は読み放題である。

笙からの帰り道で、白慧にねだって最後に書肆に立ち寄ってもらい、たんまりと本を買い込んだおかげで、読書にのめり込むことができた。

とはいえさすがに読む本も尽き、新しい本を求めなければと思ったところで、今回の話である。

花琳は一も二もなく、すぐにでも出立したかったのだが、今度はお忍びでもなんでもない。前のような身軽な旅ではなく、多くの従者とともに笙へ向かうのであった。

だがそのくらいのことは我慢する。我慢できる。

（ほんっっっっと、氷に帰ってからというものすごく退屈だったのだもの）

笙に滞在していたときのように、物騒なことは起こらないが、楽しいこともなかった。

それに——思わず見とれるような魅力的な人も。

花琳はふと、紫龍殿の後宮にいた湖華妃《こかひ》のことを思い出した。

筆を執らせても、詩を詠ませても、一流の才女である上、華麗という言葉はまさしく彼女のためにあると思えるほど、たおやかで美しい人だった。花琳に向ける言葉も仕草もやさしく、穏やかで、機知に富んだ会話で花琳を楽しませてくれ、湖華妃のようになりたいと真剣に憧れた。

だから彼女が煌月を毒殺しようとしていた、と知ったときには本当に信じられない思いだったのだ。

(あのやさしく穏やかな中に激しいものを秘めていらしたのよね……)

氷に戻ってきて、改めて彼女が書いた物語を読み直したが、作者が湖華妃と知って読むと、それまで読んできた印象とはまったく異なった印象を覚えた。

愛というのはあのような聡明な女性ですら、変えてしまうものなのか。毒ですべてを終わらせようと、十年も復讐《ふくしゆう》の気持ちを抱いたその執念。長年恨みを募らせるほど、彼女の心はひどく病んでいた。もしかしたら彼女が物語を綴《つづ》っていたのは、その恋心を昇華したかったからかもしれない。だがそれは逆に、彼女の心を蝕《むしば》み続けた——そんな気がする。

恋というものが、物語に綴られるような甘いものだけではない、とあのとき花琳ははじめて知った。

(好きな人ができるとそうなってしまうのかしら)

本当の恋、というものに夢を見ている花琳ではあるが、少しだけ「本当の恋」に臆病になったのだった。

＊＊＊

「……わかっていたけど、やっぱりがっかりしちゃうわね」

はあ、と花琳は大きく溜息をついた。

当たり前と言えば当たり前なのだが、花琳たちが紫龍殿に到着しても迎えてくれたのはまるで知らない官吏らだった。てっきり知った顔——虞淵や文選《ぶんせん》——が迎えてくれるかもとほんの少しだけ期待したが、それはどうやら甘い考えだったようだ。

仰々しく大勢の官吏や宮女が花琳を迎えてくれたが、なんとなく少し寂しく思った。しかし、その気持ちもすぐに晴れることになる。

「花琳様にはこちらの李《り》花宮《かきゅう》を煌月様がご用意してくださいました」

門を隔てた先の後宮からの案内についた宮女は秋菊《しゅうぎく》と言い、これから花琳付きの侍女になるということだった。年の頃は花琳と同じくらいと思える。にこにこと人好きのする笑顔を見せる、明るい雰囲気の彼女を花琳はとても好ましく思った。

この紫龍殿の後宮は、宮殿それぞれが独立しており、いくつもの離宮で成り立っている。

李花宮は湖華妃のいた玻璃宮《はりきゅう》とは真逆の位置になり、その名前のとおり、庭には多くの李《すもも》の木がある。きっと春になれば、李の花が満開になり甘い香りがこの宮殿いっぱいに広がることだろう。

中も玻璃宮とはまた違う趣で、窓枠の細工に可愛らしい鳥や花があしらわれており、花琳の雰囲気にぴったりと合うような明るい宮殿である。

「見て！　白慧、なんてすてきなの……！」

壁掛けの刺繍《ししゅう》の美しさに花琳はうっとりとする。

部屋に設《しつら》えられているその他の布も桃色や赤などで、金糸銀糸で彩られていて、とても華やかな上に可愛らしい。螺鈿《らでん》細工の卓子は今まで見たことがないほど美麗なものだ。

またこの宮殿は風狼が走り回っても問題ないくらい、中庭がとても広い。すっかり花琳はこの宮殿を気に入ってしまった。

（はあ……まるで『甜甜蜜蜜』に出てくる公主様のお部屋みたい……）

『甜甜蜜蜜』は、本当は公主ではないただの貴族の娘が冊封されて、公主となって他国に嫁ぐのだが、その嫁ぎ先が旅先で出会った皇太子……という話である。政略結婚だと諦めていたが、皇太子に愛し愛されて幸せになるのだ。その二人の愛の巣になる宮殿のようだ、と花琳はこの李花宮に重ね合わせている。

「まあ！　これは鵲《かささぎ》ね……！　喜びを伝えてくれる鳥がここにいるなんて」

花琳も大好きな鳥である。その鳥が窓枠に彫られている。今にも飛び立ちそうなほど生き生きとした彫刻で、うっとりと見とれてしまう。

(ここで私も今日から煌月様のお姿を愛で、幸せな日々を送るんだわ……!)

すっかり気分は『甜甜蜜蜜』の公主である。心ここにあらず、と意識をよそに飛ばしていた。

「お気に召していただけましたか?」

はしゃぐ花琳に秋菊が微笑みながら話しかける。

「ええ! ええ! もちろん! こんなすてきな房《へや》をいただけて、すごくうれしいわ」

「それはようございました。行き届かないこともあるかもしれませんが、なんなりとお申しつけくださいませ」

花琳の言葉に秋菊も安堵《あんど》したように小さく息を漏らす。よく見ると、秋菊の表情もいくらかやわらいでいる。ずっと笑顔を絶やさずにいた彼女だったが、その笑顔が先ほどまでとはまるで違っていた。

きっと彼女もはじめて仕える花琳という存在を前に緊張していたに違いない。宮女である以上、主《あるじ》の機嫌を損ねてはいけないと思っているはずだ。花琳という人間がどういう人間か、人となりがわからないうちは不安で仕方がなかったのかもしれない。

「ありがとう、秋菊。これからどうぞよろしくお願いします」

花琳が言うと、秋菊は驚いたように目を見開いた。

「は、はいっ。過分なお言葉をいただけて光栄です。私、精一杯お仕えします……！」

花琳にしてみれば、これから世話になる秋菊に挨拶をしただけのつもりだったのだが、思いのほか彼女は花琳の言葉に喜んだ。不思議そうな顔をしていると、白慧が秋菊に聞こえないよう花琳にそっと耳打ちをする。

「おそらく、他の宮殿ではあまりよい扱いを受けていないのかもしれませんね」

なるほど、と腑《ふ》に落ちた。花琳のいた氷でも妃嬪の中には宮女に当たり散らす者もいた。きつい仕打ちを与えられても仕える身としては我慢しているしかなく、耐えている宮女もきっと多いだろう。もしかしたら、この後宮でもそういうことがあるのかもしれない。

いくら煌月がいい人だとはいえ、後宮というのは同じ宮殿の中にあってもまったく別の世界である。ここはここだけで世界が作られていて、王や官吏の目は届きにくい。

（これは……心しておかなくちゃいけないわね）

花琳はこれまで読んだ、後宮を舞台にした物語の数々を思い出しながら唾を呑んだ。

物語でも後宮の内部における壮絶さを綴ったものがいくつもある。『蓮華鎮《れんげちん》』という物語は後宮で古くからいる宮女のいじめにあった妃嬪の話であるし、また『檀香蒼穹《だんこうそうきゅう》』という物語は皇帝の寵愛《ちょうあい》を一身に受けたために数多くの妃嬪たちから嫌がらせをされた妃嬪の話であり……そこにはかなり凄絶《せいぜつ》な場面が描かれていた。

それらを読みながら花琳は、私だったらこんな嫌がらせに屈しない、と自分がそういう目に遭ったときのあらゆる手立てを考えたものだ。

(予習はばっちりだもの。どんな嫌がらせもどんとこいだわ!)

妙な覚悟を持って花琳はここでの生活を楽しもうと心に決める。

「……また、なにか企んでおいでですか」

はあ、と呆れたように白慧が横から口を出す。

「企むなんて、聞き捨てならないわね。別になにも企んでなんかないわよ。後宮暮らしを楽しもうと思っているだけ。なんといっても文化の中心笙の国の後宮だし、おまけに煌月様がすぐそこにいるっていうだけで、ときめくでしょ」

くふふ、と花琳は口元に手を当てて笑う。にやける顔を抑えられない。そう、煌月がすぐそこにいるのだ。あのきれいな王——ちょっと個性的だけど——の顔をまた拝めるかと思うだけで、心は浮き足立つ。

そんな花琳を白慧は冷ややかな視線で見ているが、気にしないことにした。花琳は秋菊のほうへ向き直る。

「ねえ、秋菊。笙王が後宮へお迎えになったのって、私だけ……じゃないのよね?」

笙から冰への使いによると、あくまで正妃候補として後宮に迎え入れるというような話であった。そしてぜひにという笙側の申し出に冰は一も二もなく了承したのである。なにしろ花琳は、いわば出戻り。しかも相手は謎の病で亡くなっている。花琳に呪いがかかっているのではという噂もあり、正妃になるにしろ、なれないにしろ、氷としては正直なところどちらでもよく、さっさと花琳を追い出しにかかったのである。

「……はい。そうでございます」

秋菊は言いにくそうに返事をする。

正妃候補というからには複数人の候補が存在するわけで、これからその候補と花琳は正妃の座をかけて戦わなければならないのだ。別に戦わずともいいが、客観的にはそういうことになるのだろう。

それぞれ太儀《たいぎ》、貴儀《きぎ》、妃儀《ひぎ》、淑儀《しゅくぎ》と、ひとまず従一品という位を与えられているらしい。花琳は氷の公主ということで一応一番位の高い太儀が与えられた。が、花琳にとっては位などどうでもいいことだ。

ただ、妃嬪に仕える宮女らにしてみれば違う。そのため秋菊のこの口調もよくわかる。宮女である以上、自分の主に正妃になってもらいたい。主が正妃であれば、宮女としての立場も上がるものだ。花琳に難敵が何人もいればそれだけ正妃になれる確率が下がるため、あまり面白くない気持ちでいるのだろう。

「そうなのね。他にどんな方がいらっしゃるの？」

ちょっと面白くなってきた、と花琳はわくわくする気持ちになる。

楽しそうな花琳に少し拍子抜けしたように、秋菊は「え？　あ、えっと……」とやや狼狽《うろた》えながら口を開いた。

「お隣、芙蓉宮《ふようきゆう》には雪梅《せつばい》様が。伽羅宮《きやらきゆう》には玉　春《ぎよくしゆん》様、そして水仙宮《すいせんきゆう》には静麗《せいれい》様がいらっしゃいます」

秋菊によると、雪梅は大店華慶楼の娘で、貴族にも縁が深く、とにかく持参した金品や貢ぎ物の数が途轍《とてつ》もなかったとのこと。とはいえ、雪梅自身は穏やかで物静かな人だという。清楚《せいそ》な美しさの琴の名手だということだった。

玉春は北の貴族の娘でこちらもまた容姿には目を瞠《みは》るものがあるらしい。顔も美しいのはもちろんだが、肉感的な身体《からだ》は官吏たちも思わず振り返るほどだということだ。

そして静麗。こちらは南の貴族の娘で艶やかでかつ洗練されている容姿に加え、とても賢く、外国語にも長けた才女であるとのこと。

雪梅は花琳と年はそう変わらないが、玉春と静麗は年上のようである。

「花琳様、では近々お茶会を催しましょう。どうやらわたくしどもが一番後にこちらへ参ったようですから、先にいらした妃嬪たちに敬意を表して、わたくしどもが主催いたしませんと」

白慧の助言にそういうものか、と花琳は思ったが、ここは言うことを聞いておくべきだと「わかったわ」と素直に従った。白慧は間違ったことは言わない。花琳にとっては一番信頼のおける従者であり、そして師匠なのである。……ただし、少々うるさいと思うことはあるけれど。

「お茶会、となるとお菓子が必要ですね。……お茶は国元から持ってきましたが、お菓子の用意は……」

白慧がううんと唸《うな》る。

茶については自信を持っているのだが、菓子については笙に比べると見劣りがしてしまう。冰という国は、海洋性気候で霧が多いため茶の栽培には適しており、よい茶ができる。大陸でも貴重な翡翠茶《ひすいちゃ》という茶は冰の名産だ。

「獼猴桃《びこうとう》の干したものなら持って参りましたが、それだけでは……」

さすがの白慧も頭を抱える。妃嬪らに供するような美麗なものや、珍しいものはなにも持ち合わせていない。哥の街に買いに行くにも街自体が不案内で、どこになにがあるのかまるでわからないため、おいそれと出かけるわけにもいかないのである。

「それなら私にお任せください」

助け船を出したのは秋菊であった。

「なにかよい案でもあるのですか」

白慧が訊《たず》ねると秋菊は「実は」と切り出した。

秋菊の実家は菓子舗であるという。雪梅の実家ほど大きくはないが、技巧を凝らした菓子を作るので、哥の中では知る人ぞ知るという店のようだ。特に飴細工《あめ》が評判で、花や鳥や蝶《ちょう》を模した飴はとても美しいらしい。

「なんと心強い。では、秋菊、お願いしてもよいですか」

「はい、もちろんです。早速実家に文を出しておきます」

お任せください、と元気よく秋菊は返事をする。

「私、新しい妃嬪がいらっしゃるというので、怖い方だったらどうしようと思っていたんです。でも、花琳様はとても可愛らしくていらっしゃるし、他の方々よりずっと位も高くていらっしゃるのに、私のような者にもきちんと声をかけてくださるし……だから一生懸命お仕えします」

秋菊の言葉に花琳は白慧と顔を見合わせる。そうして白慧の目配せで花琳は口を開いた。

「そう言ってもらえてうれしいわ。あのね、秋菊。私こちらに来て友達がいないの。だからこれからも話し相手になってもらえるといいなって。いいかしら？」

「はっ、はい！　か、かしこまりました！」

花琳はぱあっと顔を明るくしている秋菊の側《そば》に近づくと、彼女の手を取る。かくして花琳の筐での生活がはじまったのである。

「話には聞いておりましたが、これが翡翠茶なのですね。一度いただきたいと思っておりましたの」

水仙宮の静麗が品よく微笑む。

＊＊＊

数日後、花琳の李花宮での暮らしも落ち着き、秋菊の手を借りて菓子の用意なども調えることができたため、妃嬪らを茶会に招いた。

花琳を除く三人の妃嬪らはそれぞれ侍女を従えて、李花宮にやってきたのだが、皆それぞれ目を瞠るほど美しい。

水仙宮の静麗は宝玉で作られた白木蓮《はくもくれん》の盆栽を、また、伽羅宮の玉春は瑪瑙《めのう》の佩飾《はいしょく》を、そして芙蓉宮の雪梅は白檀《びゃくだん》の扇をそれぞれ手土産《てみやげ》として持参した。

また衣裳《いしょう》も皆とても絢爛《けんらん》なものである。例えば静麗は、透けるような薄物を身に着け、その薄物には細かな刺繍がされている。胸元には大きな玉をあしらった首飾りがあり、なんとも華麗な装いである。

静麗だけでなく、他の二人も同様、見るだけでうっとりとしてしまうような衣裳ばかりである。花琳ももちろんそれなりにおめかしをしたが、皆の前では霞《かす》んでしまいそうだ。

（ううん、せめて簪《かんざし》を新調するのだったわ……！）

珊瑚《さんご》細工の小花をたくさんあしらった簪は花琳も大好きなものだが、他の三人からするとやや地味に思えてしまう。

玉春の、繊細な蝶の細工から細い短冊がいくつも垂れ下がった豪奢《ごうしゃ》な金の簪が、小鳥が囀《さえず》るような音を奏でて煌《きら》めきながら揺れているのを見て、つい引け目を感じてしまう。

（いえ……今日は私が主役ではないのだから、きっとこれでいいんだわ）

そう自分を納得させて、にこやかに出迎える。

とはいえ、敷物から座布団に至るまで、他の妃嬪らに見劣りがしないよう、十分なものを用意した。特に茶器は花琳も自慢のとっておきである。

青みを帯びた白磁器は象牙のようになめらかで、非常に美しいものである。花琳の一番のお気に入りだ。茶器を目にした彼女たちがわずかに目を瞠ったのを見て、花琳は内心で満足していた。まずは合格点といったところだろうか。

「どうぞ召し上がってください。私の故郷はこの翡翠茶くらいしか自慢できるものがなくて。けれど……その名前のとおり、水色が翡翠のような鮮やかな緑色で、味も甘みを感じられるすっきりした飲み口なのです。お口に合えばよいのですが」

花琳は外面を作って、地の顔を見せないようにする。これは白慧の指示だ。

――いいですか、花琳様。他の方々の人となりがわからない以上、まずは距離を取ったお付き合いというのが肝要です。ことに花琳様は必要以上に人に近づきすぎるきらいがございます。安易にこちらの懐まで入られるようなことになってはいけません。くれぐれもお気をつけなさいませ。よろしいですね。

そう、しっかりと釘《くぎ》を刺されたのである。

（わかってるってば。まったく白慧は心配性なんだから）

内心で花琳は白慧に文句を言う。白慧の気持ちはわかるが、これでも人を見る目はあるつもりだ。花琳とて誰にでも近づくわけではない。

それに――。

「花琳様は氷の公主様なのですよね。それで太儀の位をいただけましたのね」

少々含みのある静麗の言葉に花琳が引っかかっていると、玉春が「氷なんてどこにあったかしら」と小馬鹿にしたように口にした。

（静麗様の言葉にも棘《とげ》があると思ったけれど、こっちはまた直接来たわね）

暗に花琳を田舎者《いなかもの》だと言っているのだろうが、さすがにこれにはカチンとくる。おそらくこれは花琳に対する牽制《けんせい》なのだ。後宮での立ち位置を優位にしようとわざとこういった物言いをするのだろう。

初っぱなから攻撃を食らって、花琳は「いよいよだわ」と内心で警戒をする。まったくこうやって人を貶《おとし》めるようなことを言って楽しいのだろうか。花琳にしてみれば、こんなところで争うより、本を読んでいたいものなのだが。

「でも、この飴菓子はおいしいわ。辺境の地にもこんな洒落《しゃれ》たものがあるのねえ」

秋菊の用意してくれた飴菓子は、牡丹《ぼたん》を模したとても美しいものだった。花琳も用意されたものを見て感激したほどのできばえで、これなら妃嬪たちに振る舞ってもけっして見劣りしないだろうと自信を持っていた。

しかし、辺境の地とは。確かにこの笙の国に比べるととても地味な国ではあるが、こうまで馬鹿にされる筋合いはない。

(ダメよ、花琳。こんなところで怒ったりしちゃ。ほら、わざと田舎者扱いして挑発する場面が『檀香蒼穹』にもあったじゃない)

一瞬、腹を立てたがぐっと堪《こら》え、読んだ物語の一場面を思い出した。

『檀香蒼穹』という物語で皇帝の寵姫《ちょうき》はたぐいまれなる美形であったが田舎の出身のため、他の妃嬪らから軽んじられていた。そして田舎出身ということをいつも引き合いに出され、嫌がらせに遭っていたのである。

(こういう嫌がらせって、定番なのね。そう考えると、玉春様って、意地悪かもしれないけれど、それほど質《たち》は悪くないのかしら。卑怯《ひきょう》な人なら、もっとひねくれた物言いをなさ

るわよね）

　冷静になって頭の中で分析をすると、不思議と腹も立たなくなってきた。とはいえ、やはり面白くはないが。

（まあいいわ。これはきっと準備運動のようなものよね。本番はこれからだわ。負けるもんですか）

　花琳は心の中で覚悟を決めると、平静を装ってにっこりと笑った。すると、静麗が「あら玉春様」と横から口を出す。

「氷のことをご存じないのですね。常識かと思っておりましたわ。どうやらおつむに回る養分はその豊満な胸のほうにでも行ったのかしら」

　おっとりとした顔なのに口にする言葉はかなり嫌み交じりだ。きつい一撃を玉春に食らわせた。

　それを聞いて驚いたのは花琳のほうである。まさか静麗が花琳に助け船を出すとは思っていなかったので、きょとんとしてしまった。その一方で玉春がわなわなと唇を震わせている。

「な……っ」

　キッと、静麗を睨みつけた玉春に静麗が勝ち誇ったように笑う。が、玉春はめげるでもなく、静麗へ笑顔を向けた。

「そうなんですよ。おかげで胸が重たくて困っていますの。静麗様はさすがに才女の誉れ高いだけあって、賢くていらっしゃるから、栄養がおつむのほうへすべて行かれましたのね。胸にはまったく行かなかったようで……それで煌月様は満足なさるのかしら。まあ、胸がそれだけ小さいと、肩も凝らなくていいですわよね。わたくしなんか、胸が重いばかりに、いろいろと悩ましくて」

静麗の胸元を見ながら、ほほほ、と高笑いする玉春に今度は静麗が歯嚙《はが》みする番だった。

どうやら胸が小さいのを静麗は気にしているらしく、かなり衝撃を受けたらしい。しかしすぐに立ち直り、反撃する。

「お顔と身体だけではすぐに飽きられてしまいますわよ。あっという間に若い方に横取りされるのが目に見えますわ。ときに玉春様は煌月様を楽しませるような特技はございますの?」

ふふん、とせせら笑う静麗は琵琶《びわ》を弾くらしい。

二人の自慢合戦はその後も続き、玉春と静麗が口げんかに終始していたため、花琳とそれからもう一人の客人である雪梅は二人の争いをただ眺めているだけである。

「雪梅様、お茶のおかわりはいかがですか」

そろそろ泥沼化しはじめている玉春と静麗の口げんかをよそに花琳は雪梅に声をかけた。

雪梅は透明感のある白い肌に、桜桃のような赤い唇。切れ長の目は長い睫毛《まつげ》にふちどられている、非常に美しい娘である。彼女がこの房に入ってきたときには、花琳も思わず声をかけることすら忘れてしまい、見とれてしまっていた。

「ありがとうございます、花琳様。頂戴いたします」

やわらかく微笑む雪梅に花琳は癒《い》やされる。ギスギスした玉春と静麗のやり取りをずっと聞いているのは、やはり苦痛なのだ。

「翡翠茶というのははじめていただきましたが、とてもすっきりした飲み心地でございますね。香りも爽やかで、名茶と呼ばれるのも納得のお味です。こんなにおいしいお茶でしたのね」

ゆったりしたやさしげな口調もまた好感が持てる。商家の娘ということだが、貴族の出身といってもまったくおかしくない。物腰はやわらかく、上品で、また教養があることは話していて実感できた。

「お褒めにあずかり光栄です。氷はお茶だけは自慢できるの。他は花火くらいしかないんですけれど」

花琳が肩を竦めて苦笑すると、雪梅がすぐに口を開いた。

「そんなふうにおっしゃらないで。とてもすごいことよ。お父様が氷の花火はすばらしいと、いつも言っていましたわ。なんでも一度見に行って、とても感激したらしいの」

おしゃべりが進むにつれ、花琳も雪梅も口調がだいぶくだけたものになる。雪梅は花琳と同い年ということもあって、まるで昔からの友人のようにひと息に打ち解ける。

「まあ、雪梅様は煌月様には興味がなくていらっしゃるの？」

雪梅は後宮入りにはさほど乗り気ではなかったらしい。だが、両親がどうしてもという

ので話を受けたとのことだ。

「ええ……私は皆様と違って、大店とはいえ、庶民の出ですもの。正妃になどなれるはず

もないし、それに後宮にいるだけで気後れしてしまって。でも、ここにいたら好きなだけ

琴を弾けるというので、自分を納得させたの」

琴が好きだという雪梅は、他の二人と違い、本当に正妃には興味がないという様子だっ

た。そういうところも花琳は共感を覚える。

花琳もなにがなんでも正妃に、などとは思わないし、雪梅が琴なら花琳は本が読めれば

それでいいのである。とても他人とは思えず、雪梅に対し一気に好感を持った。

第二章　花琳、月明かりの下、煌月と語らう

「花琳《ふぁりん》様、お疲れ様でした」

無事に茶会を終えて、白慧《びゃくけい》が花琳にねぎらいの言葉をかける。

それにしても個性的な面々だった、と花琳は自分のことを棚に上げながら、今日の茶会を思い出す。

結局玉《ぎょく》春《しゅん》と静麗《せいれい》の嫌み合戦は最後まで続いたものの、ひとまずは大きな騒動もなく、終えることができた。あのギスギスした場を和ませたのは、秋菊《しゅうぎく》が用意してくれた菓子があったからだ。牡丹の花を模した飴細工だけでなく、他にも干しぶどうに飴をかけた珍しい菓子などがあり、工夫を凝らしたそれらに皆が夢中になっていた。

「ううん、私はちっとも。秋菊のおかげで、なんとか顔合わせを終えられてよかったわ。あの牡丹の飴細工も干しぶどうの飴がけも、とってもおいしかったもの。もっといただきたかったくらいよ。本当にありがとう」

花琳が礼を言うと、秋菊は照れくさそうに笑った。

「そんな……！　私は当然のことをしたまでで……。花琳様のお役に立ててうれしいです」

「そうよ、なにかお礼をしなくてはね。白慧、頼むわね」

「お、お礼だなんて……！　めっそうもない」

あわあわと狼狽える秋菊に白慧が横から口を出す。

「秋菊、これは当然のことですから、素直に受け取っておくものですよ。それにまたお願いすることもあるでしょう。こちらとしてもあれほど上等な菓子を作る店とはこれからもお付き合いしたいのです。そういう思惑も込みでお礼をするのですから、遠慮なく」

白慧に諭されて、秋菊はようやく首を縦に振った。

「なんか今日はお茶とお菓子でお腹《なか》がいっぱいになっちゃったわ」

「夕餉《ゆうげ》はどうなさいますか」

「そうね……今はいらないわ。――ちょっと気分転換に、御花園を歩いてきます」

「秋菊をお連れなさいませ」

「ううん、ひとりで歩きたいの。風狼《ふうろう》を連れていくから、それで許して。ね？」

「仕方がありませんね。では風狼をお連れください。お疲れになっているのですから、早くお戻りくださいませ」

「そうします。――ありがとう、白慧」

白慧が珍しく反対もしなかったのは、今日は本当に花琳が疲れたと考えたからだろう。あの強烈な個性がぶつかり合う妃嬪らを相手に、無事に茶会を終えられたご褒美だったかもしれない。

花琳は李花宮を出た。

風狼は花琳を守るように、側から離れない。本当に頼もしい友人だ。

久しぶりに訪れる御花園に花琳は目を細める。前にここへやってきたときは春の花が満開だった。牡丹に芍薬《しやくやく》が咲き乱れ、夢のような空間であった。

そして秋の庭はというと――。

「相変わらずすてきな庭園……！　ああ、今は菊の時期ですもの……本当に見事ね。ねえ、風狼」

花琳はゆっくりと園内を歩きながら、時折風狼に話しかける。

そろそろ日も暮れて、薄闇があたりを包む頃合いだが、その薄闇が別の彩りを花々に与えていて、これもまた美しい。

様々な種類の菊が咲き乱れる中を花琳は歩く。菊の他には天竺《てんじく》牡丹などが美しく咲いており、またそろそろ木々の葉も微《かす》かに色を変えはじめていた。

春にはここで煌月《こうげつ》が暗殺されそうになったのをこの目で見た。あのときには本当に驚いたものだ。毒を入れられたり、また刺客からの攻撃を受けたりもしていた。

しかし当の煌月ときたら、何事もなかったかのように平然としていて、あれにも驚いたが。まったく取り乱さないどころか、逆に毒を指摘したと後から白慧に聞いた。

「煌月様って、あんなにきれいなお顔をなさっているのに、なかなか個性的な方だったわよね、風狼。こんなに美しく咲いている花よりも、なんだかよくわからない葉っぱのほうがお好きなんですもの」

花琳は、煌月が薬種問屋へ立ち寄ったときに夢中になって店にある生薬を吟味していたことを思い出していた。あのとき、店の中に不埒者《ふらちもの》がやってきたが、煌月の知識で懲らしめたのだ。一国の王があのようにふらふらと街中を歩き回っていたことにも驚いたが、煌月の薬の知識も相当なものだったことに感心した。

ふふふ、と思い出し笑いをしながら花琳は池のほとりにある四阿《あずまや》へ足を向けた。池には睡蓮《すいれん》がまだ咲いていて、ゆっくりその可憐《かれん》な花を眺めようと思ったからだ。

四阿の側までやってくると、突然風狼が「ワン！」と一声鳴いて、四阿に向かって駆け出した。

「風狼！　どうしたの……！」

待って、と花琳は風狼を追いかける。しかし、風狼は足を止めることはなく、一目散に四阿へ飛び込んでいった。

「待ってよ……！　風狼！」

いったい風狼はどうしたというのだろう、と慌てて花琳も四阿に駆け込む。

「……！」

駆け込んだとたん、花琳は目の前の光景に目を瞬《まばた》かせた。

（え、え、え、え……えええええっ⁉　な、なんでなんでなんで……！）

思いもかけないことに花琳は声も出せず、身体を固まらせた。

（待って待って待って、心の準備できていないから！　尊すぎて脈が暴走しているじゃない。どうしようドキドキが止まらなくなって、死んじゃったら。……いえ、それで死ねるならむしろ本望……！　会いたかった方の目の前で倒れる……最高……っ）

などと、花琳の胸の中では言葉が氾濫《はんらん》しまくって大変なことになっている。というのも、そこには――。

「お久しぶりですね」

煌月がそこにいた。彼は花琳に向けて以前と変わりない、やさしい笑顔を見せている。

花琳はやはり声も出せずに、目を丸く見開いたまま立ち尽くしていた。

その様子に煌月はクックッ、とおかしそうに笑う。この笑い方は確かに煌月で……しかし、なぜここに。と思ったが、ここは煌月の後宮だ。いてもおかしくはない。

「どうなさいましたか。まるでお化けでも見たようなお顔ですよ」

「いっ、いえ……っ、その……煌月様がまさかいらっしゃるって思っていなくて……」

しどろもどろで返す花琳へ煌月は足を向けた。

「そうですねえ。以前にもお話ししましたが、こちらへは滅多に参りませんからね。花琳様が後宮へいらっしゃったと聞きましたので、もしかしたらお目にかかれるかなと思って参ったのですが……本当に会えましたね」

ふふっ、といたずらっ子のような笑みを浮かべ煌月が話しかける。

「おお、風狼も元気そうですね。変わらず花琳様をお守りして——いい子だ」

煌月はしゃがみ込んで、風狼の頭や背を撫《な》でている。風狼もうれしそうにしきりに尻尾《しっぽ》を振っていた。

(やだ……お目にかかれるかなと思って、ですって……！　え、え、もしかして私に会えると思ってここに来たってことなのかしら。そうよね、そうなのよね。……って、なにこのご褒美。これはもしかしたら夢？　きっとそうよね。こんなに美しいお庭ですもの。夢くらい見たっておかしくないわ。ここが桃源郷ならきっとそう)

美しい花と美しい煌月と、なんと麗しい光景か。

「花琳様？　お返事もしてくれないとはつれないですね」

少し拗《す》ねたような言い方もまた最高である。ここまで来てよかった……筌《しょう》に来てよかった……後宮万歳と花琳は内心で叫んでいた。

「ご、ごめんなさい……っ、あまりにもびっくりしてしまって……失礼いたしました。だって、本当に驚いたんですもの。でもお会いできたのはうれしいの。本当よ」

「それは光栄」

相変わらずの涼やかな声音は、花琳のときめきを倍増させる。顔がいい上に声もいい。

今日ここで会えただけでも氷《ひょう》からやってきた甲斐《かい》があったというものだ。

「こちらの暮らしはいかがですか？　不自由はありませんか」

「は、はいっ。今のところは快適です……！　あんなにすてきな宮殿までご用意いただいて……！　春になって李の花が咲くのがとても楽しみ」

「それはよかった。なにかありましたら、なんでもお申しつけくださいね」

にこやかに笑う煌月に花琳はうっとりとする。

（はー……なんてできた方かしら……！　笑顔だけでなく、気遣いも一級品……！　さすがに完璧。王として完璧。わざとぼんくらに見せかけているくせに、本当は最高に有能なんて、萌《も》えが過ぎる……！）

と、花琳は内心だけでなく、声に出して叫びたいのを堪えつつ、平静を装って煌月に訊ねた。

「ありがとうございます。──あの……ところで煌月様、ようやく正妃をお迎えになると伺ったのですけど、もうどなたになさるのか、お決めになられたのですか？」

するとと煌月は苦笑した。

「やっぱり花琳様もそう聞いたのですね」

煌月の言い方が人ごとじみていて、花琳は面食らってしまう。正妃を娶《めと》るというのはてっきり煌月の思惑かと思っていたが、そうではないのだろうか。

「ええ。だって、そのつもりでここにやってきたのですもの。――まさかやっぱりやめた、っておっしゃるおつもり？」

「やめたくても、文選《ぶんせん》が許しませんよ。今回のことも文選の企みですからね。いい加減正妃を迎えろと」

それを聞いて、花琳は納得した。

文選ならば煌月の言い訳を一刀両断して、強硬手段に訴えるくらいのことはする。物腰はやわらかいし、とても穏やかな人物であるが、彼はやると言ったらやるだろう。それに文選は非常に愛妻家であり、また子どもを愛している。自分の家が幸せだから、煌月にも同じ幸せを与えようと思っているのかもしれない。

特に煌月は両親――王と王妃であるが――を暗殺で失っている。それは煌月のいる世界では珍しくないことなのかもしれないが、殺伐とした環境だからこそ、文選は煌月に癒やしを与えてやりたいのだろう。

「それはとても文選様らしい企みだわ。では近々、正妃をお決めになるっていうこと？」

一応花琳もその候補に入っているのだが、とても自分のこととは思えないでいた。煌月の態度が人ごとのようだと思ったが、花琳も同類である。

それに、先ほどまでの茶会で見た、玉春や静麗の貪欲な姿勢を見ると、とても自分が正妃候補とは思えない。どこかよその世界のことのように思えてしまうのである。

「さあ、どうでしょう」

この返事も人ごとのそれだ。

「どうでしょう、って、妃嬪の皆様方はいつ煌月様がお渡りになるのか、ってめちゃくちゃ気になさっているのに。どうしたら煌月様にお目にかかれるのかと悩んでいらっしゃるの。それなのに、そんな言い方をされるなんて、ほんと女心がおわかりにならないのね」

今日の茶会で玉春と静麗がどうしたら正妃になれるか、と語っていたのだが、その方法がかなり強引なものだった。煌月が渡ってきたなら、三日三晩は帰さないとか、怪しげな薬を茶の中に盛るだとか、はたまた閨《ねや》をともにしたならば、必ずややこを……と、花琳が愛読している物語も真っ青の内容だったのである。

しかしそこまで情熱を傾けられることに花琳は感心もしていた。

「これは手厳しい。ですが花琳様も知ってのとおり、わざわざこの国に嫁いで、苦労をかけてしまうのは心苦しいと思ってしまうのですよ」

それは以前に聞いていた。しかし、煌月の命を狙う者がひとまずいなくなった以上、王として体裁を整えることも対外的に必要ではないかと思ってしまう。おそらく文選もそう考えて今回のことを押し進めたに違いなかった。

「煌月様のお気持ちもわかるけど、少なくともここにいる妃嬪の方々はそんなやわな心は持ち合わせていないと思うわ」

きっぱりと花琳が言う。玉春にせよ、静麗にせよ、たかがその程度のことでめげるような面々ではない。

花琳の言葉に煌月はおかしそうに笑った。

「そんなに笑うことではないと思うの。皆様ものすごく必死なの。それだけはわかってくださいね。——あっ、そういえば煌月様、以前に差し上げた本はお読みになっていただけましたか」

以前、花琳がここに滞在していたとき、本好きだというのを煌月に知られた。ただ煌月はそれを揶揄《からか》うでもなく、それどころか興味を持ってくれたのだ。だから花琳はお気に入りの一冊を煌月に贈ったことがあった。読んでもらえるかどうかはわからなかったが、なんとなく煌月なら受け取ってくれると思ったのである。

「ええ、もちろんですよ。とても面白い物語でしたね。物の怪《け》と人間の恋物語など、あり得ないことですが、それだけにとても心を打たれました」

読んでくれたのだ、と花琳はうれしくて、ぱあっと顔を明るくした。恋愛ものの話など、薬にしか興味のない煌月がどう受け止めるだろうと思ったのだが、きちんと感想を花琳に伝えてくれるとは。

（……完……っ璧……っ！　気配り上手すぎて声も出ない……っ。もう会わないかもしれない小娘の贈り物にまで目を通してくれるなんて……！　さすが私の推し……一生ついていきます……！）

などということは口には出せない。しかし、やはり声は口から出てしまうのだ。

「わあ！　読んでくださったのですね！　うれしい！」

大きな声を上げた。まさか読んでもらえるとは思っていなかっただけに、喜びもひとしおだった。

「そりゃあ、花琳様からの贈り物ですからね。いつかまたお会いできたときには必ずお伝えしようと、読んでいましたよ」

そう言いながら微笑む煌月の顔を見て、花琳はうっとりとする。

（美形が午餐《ごさん》の後、気怠《けだる》げに本を読んでいる姿……って絶対絵になるわ……私に絵心があったら、絶対描き留めてる……っていうか、この笑顔も描き残しておきたい……！　絵が描けなくても文字、文字なら私も……。あら、でも物書きならどう表現するのかしら。くーっ、文才のかけらもない自分が悔しすぎる……っ。なぜ天は私になにもくださらなかったのかしら……）

しかし、本当に見ているだけでこちらのほうも笑顔になってくる。心が潤うってこういうことを言うんだわ、と花琳はしみじみ感じ入っていた。

「――花琳様、そろそろお戻りになったほうがよろしいかもしれませんね。もうこんなに暗くなってしまいました。帰るのが難儀になるといけません」

「え……でも……」

まだまだ煌月と話をしていたい。滅多に会えない人だけに、やっと会えた今この時間をもう少し堪能していたかった。

「また参りますよ。私も花琳様とお話しするのは楽しいですからね。今度はまた別の本を読ませてください」

楽しみにしていますよ、と煌月は花琳と次の約束を取りつける。

「あの月が半分になったときに」と言い置いて。

数日経っても、まだ煌月と会ったことが夢のようだ、と花琳はぼんやりとしていた。

後宮に煌月は来ないだろうと思っていただけに、偶然とはいえ、会えたことがとてもうれしい。そしてどうしてか、煌月のことを考えるとちょっぴり胸がドキドキしてしまうのだった。

（まさか……これって……）

これは物語によく出てくる、と花琳はハッとした。

――あの方のことを考えるだけで胸は高鳴り、その人のことしか考えられなくなる……

というのは恋物語の定番の描写である。

ということは、今自分に起きているこの症状も、本で読むような「恋」なのだろうか、と考えてみたが、それこそ本を読んでも、大好きな物語のことを考えても似たようなときめきを感じる。ということはこれはやはり「恋」ではないのだろう。

（そうよね。あるわけがないわ。煌月様に恋するなんて。そう、これは単なる憧れ）

うんうん、と花琳は自分に言い聞かせる。それにしても――と、花琳は秋菊が先ほどから鼻歌を歌っていることに気づいた。

「秋菊、随分楽しそうだけど、なにかあるの？」

「花琳様、商人が明日やってくるようですよ。櫛《くし》や白粉《おしろい》のいいものを持ってくるとかで、伽羅宮と水仙宮は大騒ぎみたいです」

秋菊がウキウキとしているのは、どうやら商人がやってくるためらしい。

最近、玉春と静麗は美容合戦の様相を見せはじめていた。

どちらが肌の色が白いとか、髪の艶がいいとか、また蠱惑的《こわくてき》に見える衣裳を新調したり、紅をいくつも揃《そろ》えたりして、互いに競っているのである。

顔を合わせると、「あら、静麗様、ここに白髪が」と玉春が静麗の髪の毛をブチッと抜いたり、静麗も負けじと「玉春様、お召し物にほつれが」と袖を破ったりと大変な有様である。

二人が苛々しているのは、いまだに後宮に煌月の渡りがないからだ。

そろそろ二人の不満も膨らんできていたが、近々紅葉を愛でるための宴が開催されるということで、ここぞとばかりに張り切って、美容合戦はさらに過激なものになってきた。この機会を逃すと自分を売り込むことが困難になる。なんといっても現在はきっかけすらないのだ。皆必死になるというものだろう。

(煌月様も罪な人だわ……)

煌月が後宮にさして興味がないのを知っているのは、ここでは花琳とそして白慧だけである。それを玉春や静麗に言ってもいいが、いざ言うとなると、これまでのいきさつをすべて話さなければならないし、話したら話したで、面倒なことになるのは間違いない。

ここで平穏無事に過ごすためには、黙っておくのが吉だろう。

「櫛があるなら、きっと簪もあるわよね。ねえ、白慧、簪を新調してもいいかしら」

煌月のことはともかく、花琳も若い女性だ。装飾品や美容の品々には興味がある。ことに笙では、本以外の買い物をしたことがないのだから。以前——はじめて笙を訪れた際には、蓬莱街《ほうらいがい》で拐かされそうになったこともあって、買い物どころの騒ぎではなかった。

哥《か》の街で訪れた店といえば、書肆とそれから煌月に付き合っての薬種問屋しかない。それはそれでよかったが、うら若き乙女としては身だしなみにもこだわりたい。

静麗や玉春、雪梅《せつばい》が瑠璃や玻璃をふんだんにあしらった簪を挿し、流行の色合いの美しい紗《しゃ》の領布《ひれ》をまとっているのを見て、なんて美しいのだろうと羨ましく思ったものである。

（裳《も》や襦裙《じゅくん》とはいかなくても、せめて簪だけでも新調したいわ……）

そう思いながら花琳は白慧を上目遣いでじっと見つめた。

白慧もこれまで花琳がおとなしくしていたことに満足しているのだろう。機嫌よくにっこりと笑った。

「そうですね。花琳様もこれまで品行方正にお過ごしくださいましたし、簪も衣裳も新調なさいませ。先日の茶会でも、他の皆様に比べるとやはり少し装いが地味でいらっしゃいましたからね。せっかく笙にやってきたのですから、衣裳ももう少し誂《あつら》えましょう」

「本当？　いいの？」

財布の紐《ひも》をあまり緩めることのない白慧の言葉に花琳は跳び上がって喜んだ。

というのも、生まれ育った冰という国では質実剛健が美徳とされ、無駄遣いは避けられ、華美なものを好まない傾向にある。けっして出し惜しむわけではないが、いざというときに備えるという、堅実な考えが行き渡っていた。見た目よりも機能が優先という考え方は武器製造で栄えた国らしいといえばそうであるのだが。そのため、白慧も普段は少々財布の紐はきついのである。

だが、先日の茶会でさすがに他の妃嬪らの装いを見て、その派手やかで華麗な衣裳の数々にこれではいけないと思ったのかもしれない。他はともかく、花琳は氷の公主である。公主が地味すぎるのは、これからここでの立場を確立するために不利と考えたのだろう。

いずれにしても、花琳にとっては喜ばしいことである。発言を撤回されないうちに言質を取っておきたくて、聞き返す。

「構いませんよ。しかし、無駄遣いは厳禁ですよ。よろしいですね」

「ありがとう、白慧！　大好きよ！」

思わず白慧に抱きつこうとしたが、それは彼にひょいと躱《かわ》された。

「花琳様、はしたないですよ」

横目でじろりと睨めつけられ、花琳は肩を竦める。

「ごめんなさい。つい、うれしくって」

「お転婆もほどほどに。でないと、簪のお話はなかったことにいたしますよ」

「わー！　わかった、わかったわ。おとなしくするから許して……！」

花琳も必死である。ここで白慧の機嫌を損ねては、買い物すらできなくなってしまう。

反省しているとばかりにしおらしくしてみせた。

白慧とのやり取りを見ていた秋菊がクスクスと笑う。

「花琳様と白慧様は仲よしでいらっしゃいますね」

「だって、白慧は私が小さい頃から一緒にいたのだもの。誰よりも長い時間一緒に過ごしてきたの」

花琳は自分の両親とはほとんど一緒に過ごしたことはない。父である王とは謁見の際にしか顔を合わせることはないし、母はあまり立場の強くない妃嬪であり、その母も花琳が幼い頃亡くなった。そのため教育係だった白慧が花琳の世話をしてきたといっても過言ではない。花琳がひとりぼっちにならずに済んだのは、白慧とそして愛犬の風狼のおかげだ。

秋菊にそう話すと、彼女は花琳へ同情するような目を向けた。普通の家庭に育った秋菊にとっては両親が揃っているのが当然なのだろうから。

「まあ、そうでしたか。公主様というのは私からすると、とても恵まれていらっしゃると思っていましたが……」

「あら、それでもやっぱり恵まれていると思うわよ。私には白慧と風狼がいつでも側にいるもの」

「本当に花琳様は白慧様のことを信頼なさっているのですね」

「ええ。もちろんよ。それに白慧がいなかったら、私きっとただの我が儘な子だったと思うわ。こうして大事なところで引き締めてくれるから、我が儘も少しはましだと思うのよ」

「花琳様が我が儘なんてとんでもない……！　玉春様や静麗様に比べたらまったく問題になりませんよ。玉春様はここにいらしてすぐから、勝手に割符や許可のない商人も後宮に引き入れてしまったり、朝から酒浸りだったりで、大変だったんです。静麗様も玉春様ほどではないですが、すぐに気に入らない宮女に暇を出すと言いますし……」

秋菊の渋い表情から、玉春の放蕩《ほうとう》ぶりにうんざりしていることがわかった。

茶会のときから、あまり馬の合わない人たちだと思っていたが、ちょっとした問題児だったらしい。白慧と顔を見合わせ、互いに少し肩を竦めた。

「ですから、私こちらにお世話になることになって、すごくうれしかったんです。ずっとここで頑張らせていただこうと決めて参りました」

「まあ、そうだったのね。じゃあ、私には白慧と風狼だけじゃなく、これからは秋菊も側にいてくれるのね」

にっこり笑うと、秋菊は感激したように口元に両手を当てた。

「なんて、もったいないお言葉……！　この秋菊、これからも誠心誠意お仕えいたします。白慧様のように信頼いただけるように努めます」

すっかり秋菊は花琳に傾倒したらしい。熱っぽい口調で強く言い切った。

しばらく経つと、すっかり花琳も後宮での生活に慣れてきた。他の妃嬪らとも、とりあえずは波風立てずにうまくやれている。ただし、お茶会のたびに呼ばれるので、それは二回に一回は断るようにしていたが。

(だって、疲れちゃうもの)

昨日も静麗のお茶会に呼ばれ、今日も実は呼ばれているのだが、食べすぎの腹痛を言い訳に断っていた。

(もう少し、ましな言い訳のほうがよかったかしら)

いくらなんでもうら若き乙女が、食べすぎというのは恥ずかしい気がする。が、きっと静麗はそんな理由などたぶん気にしていない。彼女たちが花琳を必要とするのは、様々なことにおいて、自分が優れていると自慢したいだけなのだから。

確かに、水仙宮も伽羅宮も、調度品からして非常に高価なものばかりである。山水画の屛風《びょうぶ》は螺鈿細工だし、紫檀《したん》の卓子に象牙の獅子《しし》など、数え上げたらきりがない。いいものを見慣れている花琳でさえ、目を瞠ったほどだった。

絢爛豪華な持ち物——例えば、手鏡ひとつにしても細かい玉を用いて描かれた鳳凰《ほうおう》と牡丹があしらわれていたり、紫水晶や金細工の指甲套《しこうとう》だったり、いちいち見せびらかされるのである。きれいなものを見るのは好きだが、自慢のために見せられるのはそろそろ飽きてきたところだ。

この前は人形芝居を呼び寄せ、玉春を称《たた》える話を見せられて、さすがに辟易《へきえき》していた。

（人形芝居の方たちも本当に大変よね……）

と、人形師のほうに同情したほどで、少しうんざりしている。

それに——。

卓子の上に、繻子《しゆす》の布地で作られた可愛らしい小袋が置かれている。これは、静麗からの贈り物なのだが、その小袋を前に花琳は難しい顔をしていた。というのも——。

「痩《や》せ薬……ねえ」

この小袋の中身というのが、痩せ薬だというのである。花琳は小袋を胡散臭《うさんくさ》げに見ながら呟いた。

痩せ薬というのが最近後宮でも流行《はや》っているらしく、それを広めているのが静麗と玉春であった。

近頃、後宮——というか、静麗と玉春だが、二人はこぞって肌を磨いたり、化粧に必死になったりしているらしい。

玉を連ねてある妙ちきりんな道具を取り寄せ、顔の上でそれを転がすと美肌にいいと聞けば、一日中顔の上でコロコロと玉を転がしているし、また、湯浴《ゆあ》みの際に、薫衣草《ラベンダー》の香油を入れたり、牛の乳を入れると肌が潤うということでそれを入れたり、毎日あれこれ宮女に我が儘を言っているようなのである。おまけに、身体が引き締まると聞いたのを真に受けて、のぼせるまで湯に浸《つ》かってもいたらしい。まったく、過ぎたるはなんとやら、である。

そうして二人で美を競い合っているのだが、とうとう痩せ薬に手を出したとのことだった。

先日、商人を呼び寄せたというのも、主にこの痩せ薬を求めるためだったようだ。その日は花琳も花簪や領布、そして衣裳を買い求めたのだが、静麗や玉春の目的はこの痩せ薬だったというわけだ。

花琳はそんなことはまったく知らなかったのだが、昨日、静麗の茶会に呼ばれた際、雪梅とともにこの小袋を贈られたのである。

はじめは簪や櫛、そして首飾りに指輪と買い求めた品々を披露し――要するに自慢するために見せびらかされたのだが、そのときにこの痩せ薬なるものも披露したのである。

「これは特別に花琳様と雪梅様にお分けするわ」と仰々しく静麗が手渡したのだが、それもそのはずで、なんでも貴重な薬だということだった。

「玉春様も同じものを狙っていたせいで、わたくしの分が減ってしまったの」

不満げにそう静麗は言っていたが、玉春も同じことを言っていた、と花琳は後で宮女から聞いた。どっちもどっちである。

とにかく静麗が言うには、これを飲むだけで見る見るうちに痩せるのだという。そしてこれは現在哥の女性に人気の薬で、女性らがこぞって手に入れようとしているため入手困難らしい。商人がどうにか手に入れてくれたということで、「なかなか手に入らないのよ」と念を押されて持たされた。

薬の効果は抜群とのことだが、痩せ薬などという怪しげな薬を前に花琳は飲むべきかどうしようかと悩んでいるのだった。なにしろ静麗から「薬の効果を教えてくださいませね」と言われてしまっているのだ。

特に花琳は今日の茶会を食べすぎの言い訳は次からはナシだわ)

(やっぱり食べすぎの言い訳は次からはナシだわ)

飲みたくはないが、飲んでみなければ効果のほどはわからない。はてさてどうしたものか、と先ほどから花琳は思案している。

「花琳様」

秋菊が花琳に声をかけた。

「なあに？」

振り向いて返事をすると、秋菊も花琳同様渋い顔をしている。どうしたのだろう、と秋菊の次の言葉を待っていると、彼女はおずおずと花琳に小袋を手渡した。

もちろん花琳の持っている小袋とはまた違うものだが、これは？　と花琳は首を傾《かし》げる。

「あの……玉春様のお使いの方が、これを花琳様にと」

「玉春様が？」

花琳は一瞬きょとんとしたが、はたと思い当たる。秋菊から受け取った小袋を卓子の上に置き、中身を見る。

「……やっぱりね」

はあ、と花琳は大きく溜息をついた。というのも、この中身は静麗からもらった痩せ薬と同じものであったからだ。おそらく静麗が花琳と雪梅にこの薬を渡したと聞いて、自分も静麗に負けないようにと同じことをしたのだろう。負けず嫌いな彼女のことだ。静麗より少しでも劣ったところは見せたくなかったに違いない。

「ねえねえ、秋菊、痩せ薬ってどう思う？」

花琳は正直なところ痩せ薬には懐疑的である。花琳自身それほどぽっちゃりしているというわけではないため必要ないと思っているが、花琳のような体格の女性もこぞって痩せたいと言う。

痩せすぎで不健康な女性を美しいと思うかどうか、というと花琳はそうは思わないが、痩せ薬が流行っているということは花琳とは違う考えの人も多くいるのだろう。

「本当に痩せられるのでしたら、飲んでみたいとは思いますが」

「そうなの？　秋菊は必要ないでしょう？　全然太ってなんかないわ」

少々ぽっちゃりしているが、薬を飲むほど太っているわけではない秋菊を、花琳は意外だと思いながら言う。

「そうでしょうか……以前から玉春様には、太っていることを馬鹿にされていたので……。実は先日、花琳様のお使いで玉春様のところに参りましたときも、また揶揄われて……」

秋菊はしゅんとしょげながら言う。

よほど玉春はきつい言葉を秋菊に投げつけたのかもしれない。揶揄われたら傷つくのは当然だ。

「まあ、なんて意地悪なんでしょう！　玉春様の言ったことなんか気にしちゃいけないわ、秋菊。痩せすぎて不健康な女性よりも、健康的な女性のほうが絶対魅力的なんだから！それに秋菊はとってもすてきだと私は思うわ」

力いっぱい花琳は言い、さらに続ける。

「それにね、秋菊。薬で痩せるなんて、きっとなにかあるに決まっているわよ。痩せるのと引き換えに身体の調子をおかしくしたら元も子もないわ」

言いながら、花琳はそうだ、とあることを思いついた。

ちょうど今夜は煌月と約束している日である。煌月にこの痩せ薬について訊ねてみよう。彼ならば、この薬で本当に痩せられるのか、どんなものなのか、きっとわかるに違いない。

（なんといっても、あの方は薬にとても詳しいのですもの）

自分が口にした葉を毒だといい、その正体をすぐに突き止めてしまったあの王なら、この薬についてもきっとわかるはず。

それにきっと煌月も興味を持つはずだ、と花琳は夜を楽しみに待つことにした。

第三章 煌月、己の偽物の噂を耳にする

「よお、最近街にも出ていないようだが、腹でも壊したか」

虞淵《ぐえん》が蒸した豆を砂糖と胡麻油《ごまあぶら》で固めた菓子を持って煌月《こうげつ》のいる清祥殿《せいしょうでん》へ現れた。

「腹は壊していない。……近頃やたら文選《ぶんせん》がうるさくてな、ここに籠《こ》もりっきりだ。おかげで書物の虫干しがよく捗《はかど》った」

皮肉を交えてそう言うと、虞淵は「それはそれは」とおかしそうに大笑いをした。

「そんなにおかしいか」

「いや、久しぶりにおまえの渋い顔を見られて、面白いと思っただけだ。気にするな。まあ、腹を壊していないというなら、これでも食って憂さを晴らせ」

そう言いながら、虞淵は菓子を卓子の上に置いた。

この豆の菓子は虞淵の母親が得意としているもので、煌月もかつて虞淵の家に世話になっていたときにはよく食べたものだ。素朴な味わいが後を引くこの菓子は、まるで虞淵のようだと煌月は思う。

「ありがとう。母君は息災か」

「ああ、元気も元気さ。よくおまえの話が出てくる」

「そうか。またお目にかかりたいものだ。くれぐれもよろしく伝えてくれ」

「わかった。……ときに煌月、後宮へは行っているのか。街に出ていないとなると、後宮に入り浸りかな」

ニヤニヤと笑う虞淵に煌月はあっさりと「いや」と否定した。

「はあ？」

煌月の答えに虞淵はポカンとする。

「いや、ってなんだ？　え？　せっかくお前のために文選がいろいろお膳立てしたんだろうが。なんだあの氷《ひょう》の嬢ちゃん……じゃなくて、公主さんもいるんだろ？」

「ええ、まあ」

煌月は気のない返事をする。花琳《ふぁりん》だけにはすでに会っているが、他の妃嬪とは顔すら合わせていない。

後宮に興味はないが、花琳にだけ会って話をしたいと文選に言ったところ、それでは不公平になる、せめて一通り皆の宮殿へ立ち寄ってからにしろと叱られたのである。他の妃嬪にはまったく会う気がなかったため、花琳と話をするのはいったん諦めたのだが、先日、偶然でも会うことができないかと、ささやかに期待しながら御花園へ立ち寄った際、幸い会うことができた。

「あのなあ……。ほんっと、お前ときたらもったいないことを。いまだに独り身の俺の気持ちを考えろ。なんといっても美女揃いというではないか、なんと羨ましい」

「なにを言っている。おまえこそ、縁談ならよりどりみどりだろうに」

虞淵とて笙《しょう》の将軍の一人である。その将軍に嫁ぎたい女性など星の数ほどいるだろう。しかし虞淵は自分の伴侶は自分で決めると言っており、そのため独身を貫いているのであった。ただ、虞淵の見る目にはいささか疑問があり、いつもろくでもない女性に引っかかっては振られているのだが。

煌月から反撃を食らって、虞淵は慌てて話題を変えた。

「とにかく、仕事だと思って渡ってみろ。——それはそうと、昨日俺の部下が街で妙な噂を聞いてな」

「妙な噂？　また黒麦の病ではないだろうな」

煌月は片眉を上げた。

春の黒麦の事件も、街での噂からはじまった。以来、街の噂というとなんとなく敏感に反応してしまう。

「いや、それはない。しかし厄介そうなのは変わりないが」

渋い表情を作って虞淵が言う。この男が厄介と言うなら、それなりに厄介なのだろう。

「もったいつけていないで早く話せ」

好奇心の虫がうずうずとしだした煌月が催促する。虞淵が心配したとおり、しばらく街へは足を踏み入れていない煌月である。退屈が過ぎて、そろそろ刺激が欲しい。

「おいおい、急《せ》かすなって」

「だったら早くしろ。……で、何が妙なのだ？」

身を乗り出して聞く煌月に、虞淵が思わせぶりににやりと笑った。その顔を見て、煌月は焦《じ》れったくなる。

「虞淵！」

「はいはい。わかったよ。実はな……街におまえが現れたらしい」

それを聞いて、煌月はきょとんとし、首を傾げた。

街に自分が現れた、というのは果たしてどういうことか。煌月は街に出る際は身分を偽っており、自分自身が笙王であるということは明かしていない。哥《か》の街の人間は皆、煌月がしょっちゅう街をふらついているとは思っていないはずだ。

「どういうことだ？」

食ってかかるように煌月が聞く。

「まあまあ落ち着け」

「話を持ち出したのはおまえのほうだ。まだ焦らすというのか」

「だから、落ち着けって。要するに、おまえさんの偽物だ」

「偽物?」

訝《いぶか》しいとばかりに、煌月は聞き返した。すると虞淵は「ああ、そうだ」と大きく頷く。

「私の偽物が出たということか?」

「そうだな。妓楼《ぎろう》で、笙の王煌月だと言っては妓女を誑《たぶら》かしてるらしい。それを聞いただけで、おまえではないというのは丸わかりだ」

「なんだそれは」

なんとなく引っかかる物言いをする虞淵に煌月は少々憤慨した口調で言う。すると虞淵は大きな声で笑った。

「いやいや。これが薬種問屋に居座る、というのなら、かろうじてわからないではないが、わざわざ妓楼で自分の名前を名乗ってというのがおかしいだろう。王自ら妓楼に通うというのもなあ。それにおまえなら妓女としっぽり、じゃなくて、妓楼にいる妓女すべての健康相談でもするのではないか」

またしてもハハハ、と大声で笑われたが、煌月は虞淵に反論できなかった。すべてそのとおりだからである。ぐうの音も出ないとはまさにこのことだ。

虞淵の言うとおり、煌月にとっては妓女よりも生薬のほうが魅力的だ。妓楼に通うよりも薬種問屋に通い詰めるだろう。

「お、どうした？　言葉がないが」

「……すべておまえの言うとおりだ。確かに私は薬種問屋であれば居座るだろうが、妓楼はさほど興味がないからな」

「さほど、じゃないだろう。まったく、と言え」

「……そうだが」

「ともかく、その偽煌月がひとつの妓楼に留《とど》まらず、あちこちの妓楼をそうやって渡り歩いているというんだ。金払いもいいし、またたいそうな美形らしいのだ。おまえの顔がいいというのは、知れ渡っているからな。そういうこともあって、この妓楼に入り浸っている輩《やから》は本物の煌月ではないかと言われているのだ」

「なるほど」

「暢気《のんき》になるほど、と言っている場合ではない。問題はここからだ。とにかくそんなことで、やっぱり笙王はぼんくらだった、と哥の街では今一番の話題でな……」

はあ、と溜息をつきながら虞淵は頭を抱えている。

もともと煌月——笙王はぼんくらであると、国中の評判であるため、いまさらぼんくらの烙印《らくいん》を押されたところで、痛くも痒《かゆ》くもないのである。そのため虞淵がなぜ頭を抱えているのか、今ひとつピンとこない。

「なにが問題なのだ？　どうせ私は民の間ではぼんくらという認識だったではないか。妓楼に入り浸っているのも、ぼんくららしくていいじゃないか」

煌月はそう笑い飛ばすが、虞淵の顔は青ざめていた。

「煌月……！　おまえときたら！　少しは体裁を考えてくれ。ぼんくらはぼんくらでも、妓楼に入り浸るようなぼんくらでは、民の信用もなくすだろうが。色ボケした王が民から見捨てられるのを俺は見たくないぞ。いや、俺だけではない。文選も同じだ」

強い口調に加え、じろりと虞淵に睨まれ、さすがの煌月もそれ以上軽口を叩《たた》くことができなかった。

「ともかく、この件はすでに文選と相談している。それで、おまえの名を騙《かた》る不届き者の正体を探ることにしたのだ。せっかく後宮に正妃候補が勢揃《せいぞろ》いしたというのに、王が妓楼通いというのであれば、妃嬪らから愛想を尽かされないとも限らないからな」

煌月にしてみれば、正妃のことなどよけいなお世話なのだが、親友二人にこうも言われると一応は引き下がる。

腕を組んで自分を睨みつけている虞淵を前に煌月は小さく息をついた。

「……それで、私の偽物を探るというのはどうするのだ？」

聞くと虞淵は横目でじろりと睨むように煌月を見る。

「いいか、今回、おまえは出てくるな。おまえが出てくるとややこしくなる。だから俺と文選でなんとかすることにした」

いいな、と念を押され、しぶしぶ煌月は頷いた。結局まだまだ街には出られないということのようだ。しかし文選と虞淵の機嫌を損ねると困るのは自分である。

「まあ、まかせておけ」

虞淵が胸を叩いて、まかせろというので、ひとまず煌月はおとなしく従うことにしたのだった。

＊＊＊

「煌月様の偽物ですって？」

花琳は煌月が土産といって渡した、胡桃《くるみ》の砂糖がけを口に入れながら、驚いたようにそう言った。

食べ物を口にしながら話をするなんて、きっと白慧《びやくけい》が見たら目を吊《つ》り上げるだろう。しかし、花琳の隣にいる煌月はニコニコとしながら「そうらしいですね」と人ごとのように言う。

ここは御花園の睡蓮《すいれん》池にある四阿である。先日、煌月が花琳と偶然出会った場所だ。あのとき約束したとおり、二人は人目を忍んで夜も更けているというのにここで会っていた。堂々と花琳のいる李花宮へ出向けばよいのだが、文選に「まずは公平に」と釘を刺されているため表立っては後宮へ行くのが憚《はばか》られる。そのため、ついこそこそとしてしまうのであった。幸い花琳は「楽しそう！」と面白がってくれるので、結局花琳に甘えることになってしまっている。

なにしろ遅い時間だが、人目につかず会うとなると、この方法しかない。幸い、睡蓮池から花琳がいる李花宮はそれほど遠くなく、すぐに戻ることもできるはずだ。

「胡桃の砂糖がけ、とってもおいしい！　外側がカリッとして甘くて、そして嚙《か》むとほろ苦くて。やみつきになっちゃうわ」

はー、幸せー、と花琳はうっとりしながら、菓子を頰張っている。その飾り気のない表情は実に可愛らしいと煌月は思う。

花琳とは隠れて会ってはいるが、他愛もない話しかしていない。彼女の好きな本の話をしたり、こうして彼女が好きそうなおやつを持ってきたり……そのくらいのことなのだが、このひとときは煌月の心を確かに癒やしていた。

「お気に召したのでしたら、うれしいですよ。また持って参りましょうね。……ああ、そうだ。おいしい月餅もあるのですよ。次はそちらもお持ちしましょう」

月餅、と聞き、花琳は目を輝かせる。よほどうれしいらしい。こんなことなら今晩持ってくるのだった、と煌月は少し後悔した。

「ほんと？　ありがとうございます！　さすが私の推しだけあるわ……！」

「お……し？」

おし、とは、いったいなんのことだろう。ときどき花琳は煌月の知らない言葉を口にする。まったく若い子の言うことはわからない。聞き返すと、花琳はしまった、というように口に手を当て目を見開く。

「いっ、いえっ、なんでもないの。気にしないで！　と、とにかく煌月様、大好き！」

なにやらごまかされたような気がしないではないが、無邪気に「大好き」と言われることの心地よさ。コロコロとした鈴の音のような笑い声がまた耳に楽しい。

「それで、すっかりお話が逸《そ》れちゃいましたけど、煌月様の偽物、ってどういうことなんですか。いったい誰が煌月様になりすましていらっしゃるの？」

「それはまだわからないのですけれどね。――虞淵と文選が探ってくれるようですが。まあ、私になりすましたところでどういう利があるというのでしょうねえ」

「そりゃあ、王様ですもの。ちやほやしてくれるでしょう？」

「ちやほやですか」

想像して煌月はふふっとおかしそうに笑った。ちやほやはしてくれるだろうが、その裏でなにを言われているのか、煌月はいつも聞いていた。たいてい、さんざん持ち上げておいて、裏に回ると、自分を出し抜こうとか、操ろうとか、そういうろくでもない話をしているこ とが多いのである。煌月が王だからちやほやするのであって、王という立場でなくなれば、ちやほやなどしてくれない。文選や虞淵など昔からの側近の他は、煌月という人物を、ひとりの人間として見てくれることはなかった。

だが……と、煌月は横にいる一人の少女に目を向ける。

この花琳とは、ほんのわずかな時間をともにしただけだ。けれど、暴漢を前に怯《ひる》むことのなかった勇気や、この真《ま》っ直《す》ぐで物怖じしない瞳は洞察力に優れていて、煌月も感嘆するばかりだった。それにやや無鉄砲なところはあるが、素直で、とても自然体で好感が持てる。

好ましい、と思う女性がいるとは煌月自身思ってもみなかったが、こうして花琳と話をしている時間は確かに楽しいものだった。

「あっ……!」

ふいに花琳がなにかを思い出したように声を上げた。そうしてくるりと煌月のほうへ向き直る。

「煌月様、お願いがあるのですけれど」

「お願いですか? なんでしょう」

「実は、この袋の中身なのですが……」

花琳がそう言いながら懐から二つの小袋を取り出した。小袋の生地は異なるが大きさは同じようである。それを二つとも煌月に手渡した。

「これがどういうものなのか教えてくださらない？」

「これは？」

「痩せ薬、なのですって」

「痩せ薬？」

煌月は首を傾げた。とても花琳が必要とするものとは思えなかったためである。なぜ花琳がそのようなものを持っていたかは、彼女の話で納得した。

「今、後宮内では、美容合戦がはじまっているんです。お化粧から肌磨き、毎日競うように商人から色々なものを買い漁《あさ》って、果ては痩せ薬ですもの……それもこれも煌月様が一向にお渡りにならないから、なんですけれど。静麗《せいれい》様も玉 春《ぎょくしゅん》様もずっと待っていらっしゃるんですよ？」

ちら、と花琳が煌月を横目で見る。それを聞いて、なんとなく心が痛むような気がした。

「まあ、煌月様の気が進まないというのは私は知っていますから、そういうものかと思うくらいなのですけれど。でも、そのせいで、玉春様も静麗様も、ご自身を磨き立てることに必死になっていらっしゃって。はじめは衣裳や白粉、紅に櫛などを取り寄せるくらいだったのですが、今はこういった痩せ薬までお飲みになっていらっしゃるの。肌を磨くくらいならともかく、痩せ薬って」

はあ、と花琳は溜息をつき、さらに話を続けた。

「それに私も勧められてしまったの……これをお二人にいただいたのだけど、本当に効くのかどうか……。なんだか眉唾のように思えてならなくて。煌月様ならきっとこのお薬の中身がなんであるか、おわかりになるでしょう？　お調べいただきたいなって」

なるほど、これは花琳が自ら進んで求めたわけではないようだ。煌月は花琳からその小袋二つを手にして、小さく頷いた。

「わかりました。花琳様のお願いとあればお断りできませんね。ここは暗くて、はっきり中身がどんなものかわかりませんから、明日調べてみましょう。すぐにわかると思いますから、また明日お目にかかることにしましょうか。それでよろしいですか？」

煌月の返答に花琳は「はい」と頷いた。

「それにしても痩せ薬など……どんなものが入っているのか興味が湧きますね」

痩せ薬と銘打って売っているものの存在は煌月も知っていたが、まともな薬種問屋ではそういったものは扱わない。痩せ薬の売人というのは口伝《くちづ》てで取引することが多く、今まで煌月も実物を見ることがなかった。

考えるに、身体のむくみを改善したり、あるいは便秘を改善したりする程度だとは思うが、実際この目で見てみないことにはわからない。

花琳が服用してもいいものかどうか、唆《そそのか》されて怪しげなもので彼女の健康が害されてはよくない。こうして相談してくれたことに、煌月はひとまず安堵したのだった。

「これは睡蓮の……なるほど……他には、大黄《だいおう》と麻黄《まおう》、それからこれは……山梔子《くちなし》か」

昨夜花琳から受け取った小袋には、それぞれ一回分なのだろうか、小分けにされた何種類かの生薬を刻んだものが入っていた。二つの小袋の中身はどうやら同じものらしく、互いに違いは認められなかった。

「睡蓮の茎のようだが……ああ、実の芯らしいのもあるな。よく見ないとわからなかったが、なぜこんなものが……」

睡蓮には、気持ちを落ち着かせる作用がある。しかし痩せ薬にあえてこれを配合する意味がよくわからない。煌月は首をひねった。

多量に摂取しなければ問題ないものであり、この中に入っているのはごく少量である。そのため配合の意図がまったく理解できないでいた。

「山梔子は清熱と気持ちを落ち着けるものだが……大黄と麻黄で、便通と排尿を改善させるのだろう。むくみがこれで取れる……まあ、これで目方が減るだろうから、痩せ薬と謳《うた》ってもいいのだろうが……」

とにかく、これを花琳は服用する必要はない、と煌月は判断した。便秘気味であれば一度や二度程度なら、服用するのは問題ないだろうが、下痢をする可能性もあり、連用は避けるべきである。

しかしあるものを見つけて、「これは……!?」と、煌月は驚いたように声を上げた。

「なぜこんなものが……」

煌月はそれをじっと見つめて茫然《ぼうぜん》とした。信じられないとばかりに首を横に振り、息を呑む。そうして見つけた細かい小片を口にして、すぐにペッと吐き出した。

「……芥子殻《けしがら》か……こんなものが流行るとは」

芥子殻は芥子の実の外側の皮を干したものである。芥子は医術的には有用な面ももちろんあるが、使い方を違《たが》えると非常に恐ろしいものである。

元々花琳はこの薬を怪しいと疑って、煌月に中身について訊ねたのだから、煌月が止めたら服用はしないだろう。しかし、後宮で流行っているというのは考え物だ、と煌月は腕を組んで唸る。

とにかく、花琳にはけっして飲むなとしか言えない。だが、他の妃嬪らにはどう伝えたものか。

まずは一息入れよう、と煌月が大きく伸びをしたときだ。

「虞淵様がお見えです」

従者が虞淵の訪問を知らせる。「通せ」と言うなり、虞淵の大きな身体が房の中に入ってきた。

先日、虞淵らが街中に行くというので、薬種問屋の李《り》の店で買い物をしてきてほしいと頼んでいたが、おそらくその品物を持ってきてくれたのだろう。

「よお。頼まれていた竜骨《りゅうこつ》とかいうやつを買ってきたぞ」

大きな包みを持った虞淵が遠慮もなく、我が物顔でどっかりと椅子に腰かける。

「すまなかったな。使いなど頼んで」

「いや、どうせついでだ。主人の李は、おまえの使いだと俺が言うと、滅多なものは出せない、っつって、店の奥からとっておきというものを出してきたぞ。それにしてもたかが骨にいいも悪いも」

呆れたように笑いながら虞淵は包みを開き、李とのやり取りを煌月に話した。

「それはありがたい。――いや、これは確かにいいものだ。虞淵、いいか、たかが骨と侮るな。これは心を平らかにするために必要なものなのだからな」

頼んでいた竜骨を虞淵から受け取った煌月は、滔々《とうとう》と竜骨なる骨の蘊蓄《うんちく》を語りはじめようとする。また長い話がはじまると察した虞淵は「お、今日はなにやら調べ物か？」と卓子の上にのっている刻んだ生薬を見て、話を逸らした。

「ああ。ちょっとな……頼まれごとがあって」

「へえ。なんの薬だ？」

「いわゆる痩せ薬というものだな」

「痩せ薬！　なんだなんだ。ここでも痩せ薬か」

虞淵の言葉に煌月は引っかかる。彼は「ここでも」と言った。ということは、別の場所でも痩せ薬が話題になっているというのか。

「虞淵、すまないが、ここでも、というのは？」

「うむ。それについては後でゆっくり話すが、俺には痩せ薬などというものはよくわからんな。だいたい国の中には飢えてる人間もいるというのに、痩せたいほど肥えているということか。まったく贅沢《ぜいたく》にもほどがある」

憤慨しながら虞淵は言う。その気持ちもわからないではないが、この薬を飲んできれいに自分を見せたいと思う女性の気持ちも、昨夜の花琳の話から多少は理解している。

「まあ、そう厳しいことを言うな。こういうのを求めるのは女性が多いというぞ。女性は美しい姿を見せたいために努力しているのだろうから」

「んん？　今日はなんだか珍しいことを言っているな」

虞淵が怪訝そうな顔でじろりと煌月を見つめ、煌月は苦笑した。

「そうか？」

「おう、なにか今日はひと味違う。なんか悪いものでも食ったか？」

「……人をなんだと思ってるのだ」

「まあ、そんなことはいいじゃないか。――それより、昼飯は食ったか？」

「いや、まだだ」

「なら、ちょうどいい。今日は粽《ちまき》を持ってきたぞ。母上がたまにはこういうものも食べたくなるのじゃないか、と持たせてくれた。どうだ、ひとつ。痩せ薬の話は食った後にしよう。うまいものの妨げになる話は後だ」

虞淵の持ってきた包みの中身は、竜骨だけではなかったらしい。笹《ささ》の葉にくるんだ塊が、紐で繋げられていくつも連ねられているものが取り出された。

「食うか」

「粽とは久しぶりだ。いや、これはうれしい。ありがたくいただくよ」

虞淵からそのひとつを受け取って、笹の葉を開く。すると味のついた米の塊が目の前に現れた。塊を二つに割ると、中に卵と栗《くり》が入っているのが見えた。

「栗か！」

煌月の声が弾む。栗は煌月の好物である。

「ああ、今は栗の時期だからな。うまいぞ。さっさと食ってしまえ」

勧める虞淵に「ああ」と煌月は返事をして、粽に口をつけた。嚙むともちもちとした米に含まれた、様々な味が口の中に広がる。栗のほっくりとした味わいと、卵の黄身のコクが味のついた米によく合ってとても美味である。

「ああ、これは大変に美味だ。秋の味覚だな」

煌月があっという間に食べ終え、満足そうに言うと、虞淵も笑顔になった。

「そりゃあよかった。――じゃあ、腹も落ち着いたところで本題に入るか。……この前、おまえの偽物が現れたと言っただろう？　それでここ数日、俺と文選は部下と一緒に調べて回ったのだ」

虞淵の話によると、噂となっているだけあって、彼らが少し聞き込んだところ、すぐにいくつかの証言が取れた。実際に、少し前まで偽煌月を客に取っていた妓女に話を聞くと、件の男はたいそうやさしいらしい。乱暴なことはしないし、物腰も上品で、また教養もありすっかりその妓女は男を煌月だと信じ切ってしまったという。金払いもよく、妓女は彼へ好意を抱く以上の感情を持ち、離れていった今でも悪くは言わない。

「そりゃあもう、おまえさんの偽物が恋しいんだとさ。煌月様に会いたい、ってそればっかりだ。まったく罪作りだねえ」

「なんというか……私の名前を騙られるというのは、なかなか複雑な心境ですね。しかし、それほど妓女の心を摑《つか》む男というのは……随分と魅力的なのでしょうね」

「実際会ったわけじゃないから、俺としてはなんとも言えないが、ただ……彼女の話でひとつ気になることがあってな。それでおまえに相談しようと思ってやってきたわけだ」

「なんだ、粽の差し入れだけじゃなかったのか」

「粽は相談料だ。うまかったろ」

ニッ、と虞淵が笑い、煌月は苦笑した。

「そういうことか。まったくおまえときたら抜け目ない。——で、相談というのは？」

「抜け目ない、じゃなくて、そつがない、って言ってくれ。……ってなわけで、相談ってのが、おまえさんがさっきそこで色々と調べていた、痩せ薬ってわけだ」

「なるほど、そういうことか」

偶然とはいえ、花琳からも虞淵からも痩せ薬について相談があるとは。

「おまえが調べていたものと同じものかどうかはわからんが、痩せ薬自体、どうやら哥の街では随分と流行っているらしい」

「流行っている……？」

「そうだ。これがまあ、若い女性に人気のようだ。妓楼に行く途中でこの骨を買うために李の店に寄っただろ？　そこでも若い娘が痩せ薬はないのか、って押しかけていた。李のところでは痩せ薬は扱わないと言って娘たちをあしらっていたが、聞くと、最近そういう客が多くやってくるんだとさ」

「確かに李の店ならば、多くの薬を扱っているし、痩せ薬があると思ってもおかしくはないだろうね」

「そういうことだ。まあ、それはさておいて、だ。実は例のおまえさんの偽物が贔屓《ひいき》だったという妓女も、流行とあって痩せ薬を服用していた」

そこまで言うと虞淵はふう、とひとつ大きな息をつき、「ここからが重要だ」と続けた。

「その痩せ薬を妓女に渡したのが、偽煌月でな。それを飲めばすっきり痩せられると言われて、毎日飲んでいるらしい。しかも、もっときれいになれば後宮に入れてあげる、と唆して、痩せ薬を勧めているようだな」

「気に入らないな」

煌月は憤慨したように渋面を作った。自分の偽物が、怪しげな薬を勧めて歩くなどもってのほかである。

「気に入らないのはわかるが、話はこれからだ。その妓女から偽物野郎が離れていってからも、彼女は痩せ薬を欲しがってる。もうそれを飲まずにいられない身体になっちまったのさ」

虞淵は苦々しげな口調でそう言った。

「飲まずにいられない……?」

「ああ。もはや偽煌月に会うことはどうでもよくて、薬を欲しがっていた。偽煌月に会いたいというのは、薬を得られるから……そういうことだ」

「薬目当てということか？」

「ああ。そう言っているのは、その妓女だけじゃなくて、偽物野郎と関わった娘たちみんなだ。そいつの持っている痩せ薬が欲しいってな」

煌月は驚いて言葉をなくした。虞淵はさらに話を続ける。

「そして、その痩せ薬がとんでもなくいい薬で、それを飲んできれいになれば後宮に行けるという噂が哥の娘たちの間で広まっているんだ。おまけに街ではおしのびで煌月陛下が歩き回っていることになっているから、みんなこぞっておまえと痩せ薬を捜し回っているそうだ。あわよくば自分も後宮へ、と思っているらしい。……なにしろ、ほら、大店の華慶楼の娘が今後宮にいるんだろう？　そのことも噂の後押しになっているようだな」

だから、薬を手に入れようと、李の店にまで若い娘が押しかけてくるようになったということだった。

虞淵の報告を聞いて、煌月は押し黙った。どうも普通ではないような気がする。痩せ薬を買い求めたいという気持ちは多少理解できるようになった。が、虞淵の話に出てくる娘たちは少々度が過ぎているのではないか。だが、煌月は先ほど花琳からの依頼品の中にあった、芥子殻のことを思い出す。芥子には反復して欲しがるような依存性があるのだ。もしかしたらこれは案外深刻なことになっているのでは、と思っていると、虞淵が真剣な顔をして煌月を見た。

「そんな顔をしているということは、おまえも妙だと思っているだろう？　俺もだ。なぜそんなにその薬に執着するのかわからない。市中でもいくつか痩せ薬はあるようだが、欲しがるのは偽物野郎が持っているものだけっていうのもな」

妙な話だ、と虞淵は渋い顔をし、頭を振った。

「虞淵、ひとつ聞いてもいいだろうか」

「なんだ」

「私の偽物はいちいちその関わった娘たちに、薬をこまめに配り歩いているということか？」

「いや、なんでもとある場所に行けば、偽物野郎に会うことはないが薬だけはもらうことができるらしい。ただ、その場所ってのは、皆口が堅くて俺には教えちゃくれなかったがな。妙に気になるだろう？」

煌月は頷く。その偽物の持つ薬がどういったものなのか、気になって仕方なかった。

「それに——もうひとつ気になるのは、彼女らは揃いも揃って、非常に不健康そうでな。若い娘なのに肌に艶はないし、痩せちゃあいるが、あれは食事もろくに取っていないって感じだ。どこかぼんやりしていて、喋《しゃべ》り方もちょっと呂律《ろれつ》が回ってない……。もちろんそうじゃない娘もいるが、なんか妙なんだよな」

思い出しながら話をする虞淵は眉を寄せている。よほどなにかを疑問に思っているような顔だ。

煌月も虞淵の話から、女性たちの様子が普通とは違うものを感じ取っていた。揃いも揃って、と虞淵が言うならそれは一人のことではなく、何人も同じような反応を彼に返していたのだろう。そして、話を聞いたその女性らの様子から、やはり市中に出回っている薬にも芥子殻が……あるいは他にも……と、想像を巡らせる。とはいえ、自分の想像が当たっているとすればそれは大変なことである。外れてほしい、と煌月は願う。

「つまり、虞淵は裏になにかがある……そう思うのだな？」

煌月がそう問うと、虞淵は黙って懐から、紙に包んだなにかを卓子に置いた。

「これは？」

「いや、あんまり彼女たちが薬、薬って言うからな、どんなもんだと思って——一包もらってきたのさ」

虞淵は妓女から、その痩せ薬もらい受けてきたというのだ。

「なるほど、これが本題、というわけだな？　これを調べろ、ということで合っているかな？」

「まあ、そういうことだ。……粽、食ったろ？　よろしくな」

その言葉に煌月は苦笑した。さすがに幼なじみである。煌月の使い方をよく心得ていた。

煌月のほうも満更ではない。虞淵の話を聞いたところ、妓女やその他の娘たちは、この痩せ薬に依存しているようにも思えていたため、中身について興味を持ったのである。それだけに、虞淵のほうから、調べてほしいと言ってきたのは、煌月にとっても渡りに船であった。

娘たちの様子から、煌月はこの薬がただの痩せ薬ではないと推測していた。おそらく人を依存させるようなものが入っているのではないか。

「——虞淵、おまえも気づいたのか？」

卓子の上の紙包みへ目を落としながら煌月は聞く。虞淵は首を縦に振った。

「妙なもんが入ってるんじゃないかと思っているよ。しかし、断定するのは、おまえさんにこいつを調べてもらってからだと思ってな」

やはり、と煌月は虞淵の言葉に頷いた。

「わかった。調べてみよう」

そう言って煌月は虞淵の持ってきた小さな紙包みを開いた。見るなり煌月は「これは」と声を上げた。というのも、それが花琳が持ってきたものと同じだったからだ。

「どうかしたのか？」

「いや……少し待ってくれ。話はそれからだ」

煌月は細い箸を用い、詳細に薬を検分しはじめた。

細かく細断された生薬のひとつひとつをじっくりと見、さらに匂いを嗅いだり、口の中に入れて味わってみたり念入りに調べている。そうしてあるものを見て、口にし、すぐさまそれを吐き出して、眉根を寄せた。

「どうかしたのか」

虞淵が前のめりになって聞く。

「芥子殻が入っている。よく煎《い》って、わからないようにしてはあるが。しかも、この細かい黄褐色の粒はもしかしたら阿片《あへん》かもしれないな。それほど多くない量だが、人を虜にするには十分だ」

「なんてこった」

虞淵は空を仰いだ。芥子と芥子の樹脂である阿片は麻薬であり、筌ではご禁制の植物である。辛《つら》いこと——悲しみや怒りを消失し、最悪の苦悩を忘れさせることのできる夢の薬だが、依存性が高く、摂取量が多ければ死に至る。また死なずとも、依存してしまえばそれなしでは生きていられなくなり、廃人となる恐ろしい薬だ。

煌月は花琳から預かったほうの薬をもう一度見た。

「煌月？」

「いや、実は……おまえが来る前に調べていたものが、阿片の粒などがないだけで、組成はほぼ同じもののようなのだ。蓮の実の芯や芥子殻なども同じ……」

煌月は花琳から依頼された、二つの小袋の中身である痩せ薬を虞淵に見せた。虞淵はそれらと自身の持ってきた薬を見比べる。

「なるほど素人目にも同じものに思えるな……ところでこれは、頼まれたと言われたが誰が持ち込んだのだ？」

そう訊ねられて、煌月はすべての事情を言わなければならなくなった。隠しておいても仕方ないし、やはりこの薬についてはどうにも腑に落ちなかったのである。

実は、と花琳に会ったことや、後宮でもこの痩せ薬が流行っており、花琳が玉春と静麗からもらったが正体がわからないので調べて欲しいと言われたこと……をかいつまんで話した。

それを聞いて虞淵はぽかんと口を開ける。

「あのなあ……」

次の言葉もまともに出ずに、絶句していた。

「仕方ないじゃないか。文選には花琳様のところにだけ行けば不公平になるからやめろ、と言われていたのだし。たまたま散歩に出かけたところ偶然会ったというだけだ」

花琳に会えるかもしれない、という期待を持って出かけたことは内緒にしておく。それを言うと、この男の酒の肴にされるだけだ。

煌月の言い訳を納得したのかしていないのか、虞淵は苦笑いしながら話を続けた。

「まあ、ひとまず花琳様のことは置いておこう。……文選が知ったら、頭を抱えると思うが――では話を戻そうか」

それについては煌月も同意だった。

花琳からの依頼のものと、虞淵が持ってきたものは薬の構成的には似ており、阿片が入っているか否かの違いだけだ。これはどういうことか。そう思っていると虞淵が口を出した。

「素人考えだが、もしかしたら、この花琳様の持ってきたものは変な言い方にはなるが、お試しみたいなもんで、これで食いついた娘に徐々に阿片の量を増やしていったのではないか？　後宮にも蔓延《まんえん》させようって魂胆なのかもしれんな」

服用させて、一度だけでやめる者もいるだろう。だが、やめずに飲み続けて、「もっと、効くものがある」と言われたらそちらのほうを欲しがるようになるだろう。そう虞淵は言った。

「なるほど……そうかもしれませんね。阿片が蔓延したせいで、滅びた国もある……今のうちにこの痩せ薬の出所を突き止めたほうがいいでしょう」

またもや、哥の街になにか得体の知れないものがはびこりだしている、と煌月は深く溜息をついた。次から次へ厄介事が飛び出してくる。

黒麦の次は阿片か、と頭を抱えた。

「……これだけではなんとも言えないでしょうが、とにかく後宮のほうもどうにかしなければなりません。その商人の出入りを禁止しなければ。あとはこれを配り歩いているという……その私の偽物に会ってみたいものですね。彼がこの騒動の鍵となるでしょうから」

会いたいとは思うが、煌月が出向いたところで偽物が寄ってくることはないだろう。どこに住んでいるのかもわからなければ、どうやって接触していいのかもわからない。さて、どうしたものかと思っていると、虞淵が組んでいた腕をほどいて、口を開いた。

「煌月、ここは花琳様にお願いしてはどうだろうか」

いきなりそんなことを言い出したので、煌月は目を吊り上げ、咄嗟《とっさ》に「虞淵！」と大きな声を出した。あまりに大きな声だったため、虞淵は目をぱちくりとさせる。煌月がこんなに大きな声を出すのは非常に珍しいことである。

「そんなに大きな声を出さずともいいだろうが」

「おまえが花琳様にお願いすると言うからだ。いったいあの方になにを頼むつもりか」

憤然とした物言いと、珍しく食ってかかる煌月に、虞淵は一瞬きょとんとした顔をし、それからクスクスと笑った。

「いやいや、俺は別に花琳様を引っ張り出すつもりはない」

「だったら」

「まあ、話を聞け。花琳様には当然白慧殿がついていらっしゃるんだろう？　それからあの賢くて勇敢なワンコも」

煌月はきつい表情のまま無言で頷いた。すると虞淵はにやりと笑う。

「いやあ、あの白慧殿の女装は堂に入っていたと思わぬか、煌月」

虞淵のその言葉で、煌月は彼が言わんとしていたことがようやくわかった。虞淵は花琳を駆り出すのではなく、花琳を通じ、白慧に手伝ってもらえないかと考えているのだろう。

そこでようやく表情をやわらげる。

「もしかして、白慧殿に変装してもらうことを考えているのか……？」

「ご名答。白慧殿ならば、あの強さだ。少々危険な地域に入り込んでも、滅多なことはあるまい。もちろん俺も陰で見守るが、白慧殿に偽物野郎を釣り上げてもらえば。白慧殿の女装はまた絶品だったからな、あれならそんじょそこらの男は、あの方が男だと見破ることはできまい」

確かに、一番はじめに出会ったときには白慧は女装をし、花琳の侍女として振る舞っていた。それは見事な変装ぶりで、煌月も一瞬見破ることはできなかったほどだ。

「それはそうだが」

「後宮でもこの痩せ薬がはびこってるっていうし、花琳様へも影響が及んでいる。となれば、白慧殿にお願いする理由としては十分じゃないか？　なあ、煌月」

虞淵の言うことも一理ある。このままでいくと、この薬をきっかけに、花琳の身になにか起こりかねない。引き受けてくれるかどうかはともかく、白慧に話をしてみてもいいだろう。

「……わかった。三日後、花琳様にお会いすることにはなっているが……」

文選にはまた小言を言われるだろうが——と苦笑しながら煌月は言葉を繋ぐ。夜に花琳に会って話をするのはいいが、花琳の口から白慧に頼むとすれば、彼女が自分と会っていたことを説明しなくてはならなくなる。となれば、花琳は白慧に小言だけで済まなくなるかもしれない。それならば——。

「白慧殿をここへ呼んでくれ。私が話をしよう」

煌月は虞淵にそう申しつけた。

第四章　白慧、女装を請われ、花琳、鬼の居ぬ間に存分に羽を広げる

「やっぱりよく似合うわよ」

クスクスと花琳《ふありん》が笑った。目の前には再び女装した白慧《びゃくけい》がいる。袍《ほう》も裙も絹に刺繍の入った上質なものである。これは煌月《こうげつ》が用意してくれたものだ。

煌月自ら、頼むと言われれば、この後宮にいる以上断ることはできない、と白慧は煌月の頼みを引き受けた。

頼みというのは女装して、自称煌月という偽物に接触し、痩せ薬を得てくること。また痩せ薬の他にもなにか渡されるかもしれないため、それを探ってくること……要は囮《おとり》のような役割である。

この国の将軍である虞淵《ぐえん》が側で監視しているというから多少は安心できるが、白慧はできれば断りたかったことだろう。それが証拠に女性ものの服をまとった白慧は実に不機嫌である。

「花琳様……笑い事ではありません。まったく……またこのような姿になるとは思っても

みませんでしたが……仕方ありませんね」

はあ、と紅をひいた唇から大きな溜息が漏れた。

このような、と白慧は言うが、花琳の目から見ても、たいそうな美女である。秋菊など、言われるまで白慧だとは思わなかったようだ。

「まさか、花琳様が煌月様と逢《あ》い引《び》きなさっているとは思いませんでしたが」

ちら、と横目で見ながら、白慧が嫌みのようなことを言う。

「逢い引き⁉」

逢い引きなどという言葉は物語の中でしか見たことがない。

そう、恋する二人が束《つか》の間《ま》の逢瀬《おうせ》を楽しむ……例えば互いに障害があって、会うこともままならず、それでもどうにか会いたいと、こっそり策を講じひととき二人だけの時間を満喫する——花琳にはそういう偏った印象しかない。

よって、自分と煌月が会うというのは……。

(あれ……? 互いに障害……というのはないけれど、なんとなく事情はあるし、とりあえずどうにか会うために策は講じたわね……い、いやいやいや、違うから! あれは逢い引きじゃないの! 絶対!)

ぶんぶんと頭を振って、今自分の中にふっと浮かんだ「逢い引き」していた光景を打ち消す。

「な、なにを言うかと思ったら！　違うわよ。ちょっとおやつをいただいたり、本の話をしたりする程度のことだもの」

慌てて否定したが、白慧は冷めた目で花琳を見る。

「世間ではそれは逢い引きというのですよ。おとなしく夜更かしもせずに寝所に入ったと思えば、抜け出して煌月様とお会いしていたとは……おまけに、薬の鑑定をお願いしていたなんて」

頭が痛い、と白慧は額に手をやった。

「あら、でも、おかげでまた怪しげな事件の芽を摘むことができるかもしれないのよ」

花琳が依頼した薬の鑑定で、またもや事件の香りが漂っていた。

なんでも虞淵がほとんど同じ薬を持っていて、その中に阿片が入っていたというのだ。

花琳の依頼したものに阿片は入っていなかったが、煌月に飲まないようにと、真剣な顔で止められたのである。

(今度は阿片だなんて……！　あの痩せ薬、飲まなくてよかったわ……。でも静麗《せいれい》様と玉《ぎょく》春《しゅん》様は大丈夫かしら……。煌月様は商人は出入り禁止にすると言っていたけれど)

やはりうまい話には裏がある、と花琳はしみじみ実感していた。

とにかく、静麗と玉春とはしばらく距離を置くべき、との白慧の言葉に従い、そうすることにした。雪梅《せつばい》はあの薬は飲まなかったと言っていたから大丈夫だろうとは思うが、念のために阿片が入っている可能性があることを伝えたほうがいいだろうか、と花琳は悩む。

（でも、そのことを伝えたら、私が煌月様と会っていることを皆様に言わなくちゃいけないし、それは言ってはいけないときつく釘を刺されているし……）

とはいえ、ひとまず後宮の危機は回避されそうなのと、少しは煌月の役に立ったらしいことで、花琳はいくぶん機嫌をよくしていた。

「本当に……前向きでいらっしゃる。とにかく、しばらくわたくしは花琳様がなにかやらかしても尻拭いはできませんからね。くれぐれも自重なさってください」

いいですね、と白慧に念を押される。

白慧がこのように言うのも、今日花琳が雪梅の芙蓉宮を訪れるためである。どうやら雪梅の前で、無茶なことをしないか心配らしい。花琳にしてみれば、普通にしているつもりだが、傍から見ればそうではないようだ。

「もちろんよ。言われるまでもなく、おとなしくしているわ。雪梅様のお琴が聞けるのですもの。無茶はしません」

雪梅の琴が非常に上手だと聞き、聴かせて欲しいとねだったところ、彼女が快諾して今日の訪問となったのである。雪梅は玉春や静麗と違い控えめで、花琳は話をしていても心地いい。そのため今日の訪問を楽しみにしていた。

「だったらよいのですが。花琳様の大丈夫は当てになりませんからね――秋菊、頼みますね。あなただけが頼りです」

その言い方はないだろう、と花琳は思ったが、けんかしていては自分も雪梅のところに行けなくなるし、白慧も煌月の手伝いができなくなる。ここは大人にならなくちゃ、と花琳は口を閉ざした。

「かしこまりました。花琳様のことはお任せください」

秋菊は白慧にもすっかり心酔しているようで、こういうときは白慧の言うなりである。なんだかちょっと面白くない。

「口うるさくてすみません。ですが、花琳様のことを思えばこそ」

少し拗ねたのがわかったのか、白慧が気遣う言葉をかける。飴と鞭《むち》というかなんというか。そしてこういうところが本当にそつがない。だから花琳も白慧を信頼しているのだが。

「わかっているわ。――私も約束します。今日はおとなしくしているから」

約束する、という花琳に白慧も安心したのか、迎えがやってきて李花宮を出ていった。

花琳も秋菊を伴って、宮殿を出る。

この後白慧は虞淵らとともに市中へ出向くらしい。羨ましい気持ちはあるが、煌月の話を聞いて危険だと諦めた。

――花琳様を危ない目に遭わせたくありませんからね。

さすがに花琳も学習している。危険な目にはやっぱり遭いたくない。

少し前の花琳ならきっと駄々をこねていたかもしれないが、拐かされそうになったり、サソリを寝台に仕込まれたり……という経験をしているため、行きたいと無茶を言うことはしなかった。

雪梅のいる芙蓉宮は李花宮とはまた異なる趣で、小さな池や噴水などが設えられている、水が美しい宮殿である。池にはオモダカと思われるきれいな緑の水草が生え、また、名残の蓮の葉が水面《みなも》を飾っていた。

蓮の別名は水芙蓉というから、芙蓉宮というのはこの池の蓮になぞらえてつけられたと思われる。睡蓮と違い、花は夏にしか見られないが、この池一面に薄紅の花が咲く様はきっと圧巻だろう。

その芙蓉宮に美しい琴の音が鳴り響いていた。

雪梅の奏でる琴の音はとても繊細で、また技巧にも優れており、花琳も様々な琴の奏者の演奏を聴いてきたが、雪梅の演奏はその中でも群を抜いてすばらしいものだった。

特に、微かに弦を震わせる技巧は秀逸で、大きな音を出すのは比較的難しくはないが、ごく小さな音をきちんと響かせるというのは、よほどの上級者でなければできないことである。繊細な音も拾うことができるくらい耳のいい花琳は、そのひとつひとつの音に情感をのせた演奏に、思わず涙をこぼしてしまうほどだった。

誰もが知る古典の曲と、また雪梅が作曲したという曲に花琳はうっとりと聴き惚《ほ》れる。

「なんてすばらしいんでしょう。私とっても感激いたしました……！　雪梅様は本当に琴の名手でいらっしゃるのね」

演奏が終わった後、花琳は雪梅に向けて賞賛の声を上げた。

「お褒めにあずかり光栄ですわ。花琳様は耳が肥えていらっしゃいますから、へまをしたらどうしようとそればかりでしたの。……花琳様は琴はお弾きになりませんの？」

「えっと……琴は全然上達しなくて……お上手な方の演奏を聴くだけで十分だと……」

痛いところを突かれた、と花琳は苦笑いをする。琴は幼少の頃から習わされていたが、まったく上手くなることなく今まで過ごしてきたのである。音楽を聴くのはとても好きだが、自分で演奏するのはほとんど興味がない。

「あら、もったいない。ご興味はなくて？」

「はい……お稽古している暇があるなら、その分本を読んでいたいくらいですもの」

そう、稽古の時間よりも読書の時間が大事。

そういえば、そろそろ読む本も尽きてきたところだ。しまった、と花琳は内心で後悔する。市中に出かけていく白慧に、帰りに書肆に寄って本を買ってきてもらうように頼めばよかった。一度、最近できたばかりという書肆にお使いに行ってもらったのだが、その店がことのほか品揃えがよかったのだ。

（つい、白慧の女装姿に盛り上がってしまって、忘れてしまったわ……ああん、こんな機会は滅多にないのに）

白慧には常日頃から、花琳が好きな作家や好きな物語の傾向を話しているから、頼めば適当に買ってきてくれるだろう。なのに、その機会を失ってしまい、花琳はがっかりする。

「まあ、花琳様は読書家でいらっしゃるのね」

雪梅の言葉に、花琳ははっと我に返る。いけない、いけない、うっかり他のことを考えてしまっていた。慌てて花琳は笑顔を作る。

「いえ……読書家というほどでは……」

「ご謙遜なさらなくてもよろしいのよ。どんなご本をお読みになっていらっしゃるの？」

そう訊ねられて、花琳は言葉に詰まる。

静麗のように才女ではないし、単に恋愛小説が好きなだけだから、雪梅に正直に言っていいものかどうか迷っていた。すると雪梅はこう続けた。

「私も花琳様と同じで本を読むのが好きですの。よかったら、私の大好きな本があるのですけれど……花琳様はこういう本はお読みになるかしら」

雪梅は立ち上がって榻《しじ》へと足を向ける。その上から一冊の本を手にしてまた戻ってきた。

「とても俗っぽくて恥ずかしいわ」

ふふ、と笑いながら花琳に手渡したのは『水神恋《すいじんれん》』という本であった。題名に恋とあるから、恋愛小説なのだろう。

「これは……恋愛のお話？」

「ええ、そうなの。堅苦しいのは苦手なのですが、恋物語は大好きで」

それを聞いて喜んだのは花琳である。「まあ！」と思わず大きな声を上げた。

「雪梅様！　私も恋愛のお話が大好きなの。こんなことを言ったら、雪梅様に軽蔑されてしまうかもと思って、つい隠そうとしてしまいました。本当はすごく好き」

「まあ、うれしい！　花琳様のお勧めはありますの？」

お勧め、と言われれば、好きな作品について語らないわけにはいかない。

（やっぱりあの作品についてお話ししなければ……！　雪梅様にもぜひ読んでいただきたいもの！　なんという僥倖《ぎょうこう》！　なんという幸運！　こんなところで本好きの方にお会いできるなんて、すごくうれしい！）

花琳の目がとたんに輝く。そして勧めたい本はたくさんあるが、その中でもやはりあの本を勧めたい、とぎゅっと拳を握り締めた。

悲しい事件は確かにあったし、煌月の命を狙ったことは許しようがないが、作品とは別物である。花琳が非常にのめり込んでいた作家、燎芳《りょうほう》――湖華妃《こかひ》の『桃薫伝《とうくんでん》』と『山楂《さんさ》樹夢《じゆむ》』は外せない。そして張緑華《ちょうりょくか》の『愛鶯譚《あいおうたん》』。この二人の作品はどれほど読み込んだかしれなかった。

特に、『山楂樹夢』は湖華妃の悲しみが、ことの成り行きを知った花琳でさえ、胸の裡《うち》に押し寄せてきて、何度読んでも泣かずにはいられない。許しがたいという気持ちはあるけれど、作品にはその気持ちを凌駕《りょうが》するなにかがあった。

雪梅には湖華妃のことを伏せ、作品のみについて強く語る。愛《いと》しい恋人と引き裂かれ、離ればなれになった後も生涯愛し続ける姿は涙なくして読めないと。

(そうなの。湖華妃のあのお姿も、恋しい人を一途《いちず》に想《おも》い続けたからこそ……)

物語だからこそ許されるいきさつ。あれが物語の中だけであれば、今頃誰もがみんな幸せだったかもしれないのに。

「――というお話が私はとても好きで、ずっと愛読していますの。雪梅様がご興味おありなら、お貸しいたしますわ。……いえ、ぜひお読みになって……!」

力説する花琳に雪梅も乗り気になって「ええ、ぜひ!」と目を輝かせている。

ひょんなところで、同志に出会えたことに花琳はうれしくなり、思わず抱きつきそうになってしまう。が、すんでのところで白慧の「くれぐれも自重なさってください」という言葉を思い出し、なんとか踏みとどまった。

芙蓉宮から戻った花琳は雪梅から借りた『水神恋』ともう一冊、『鬼舞刑《きぶけい》』という本をどちらから先に読もうかと迷っていた。

「悩むわ……どうして二冊同時に読むことができないのかしら……」

いつもなら、こうして悩む花琳に白慧が「どうせどちらも読まれるのですから、どちらが先でも同じでしょうに」と冷たい言葉をかけるのだが、今日はその声もない。

花琳が戻っても、白慧はまだらしく姿は見えなかった。しかしなにかあれば、花琳の元に伝えられるだろうから、大事には至っていないだろう。

「白慧様はまだお戻りにならないのですね」

心配した秋菊が外の様子を窺《うかが》いながらそう口にした。

「そうね。きっとお手伝いが難渋してるのよ。白慧は武術に長けているから、大丈夫よ。本でも読んで待っていましょ。秋菊もどう？」

花琳は手持ちの本を物色した。さすがに雪梅から借りたものは、いくら信用しているとはいえ、侍女である秋菊には貸せない。雪梅に勧めた張緑華の別の作品を秋菊に勧める。

「ありがとうございます！　こちらのご本は読んだことがないのですが、花琳様のお勧めならきっと面白いですよね」

「ええ！　このお話もすごくいいのよ……！　これはね——」

どこがいいのかを熱心に語ると、秋菊も興味を示し、そうして二人で本を読みはじめた。

花琳はもちろんのめり込んでいたが、秋菊も同じようで、花琳同様、本を読みながらときおり涙ぐんだり、笑顔を見せたりしている。あっという間に時間が経っていく。

雪梅から借りた本は、彼女が勧めるだけあって、とても面白いものだった。

どちらもさほど長い話ではない。ひとつは田舎育ちで都会の生活に憧れた女性の人生が描かれていた。華やかな生活に憧れていた女性が都会に出、都会でできた恋人に欺《だま》され、借金などで追い詰められた果てに恋人の言うまま悪事に手を染めるという話だ。

花琳は悪の道に染まった女性にとても感情移入してしまっていた。女性はただただ純粋なだけだったからだ。純粋に男を愛したために、自分のしていることが正義か悪かわからなくなり、犯罪についての思考が麻痺《まひ》していくのである。そして最後は恋人とともに心中する、という悲しい話であった。

またもう一冊借りてきた物語は兄妹《きょうだい》同士の禁断の恋で、こちらも悲劇だ。互いに引き裂かれ、離れて暮らしていたが、妹が結婚すると聞いて兄が妹を奪いにやってくる。そこで二人とも妹の結婚相手に殺されてしまうが、二人はそれで永遠の愛を勝ち取ったという話である。

（どちらも悲しいお話……）

二つの話には共通点があった。それはどちらも罪を犯してもなお愛し合い、死によって結ばれるということだった。

（これを雪梅様は大事になさって……何度も何度も読むくらい、愛読されているのよね）

花琳にはあのおとなしく穏やかな雪梅がこんな作風の本を持っているというのが意外だったが、彼女はこの二冊の本をいたく気に入っているようだった。

あっという間に読み終えてしまったが、長い話ではないとはいえ一気に二冊も読んだため、かなりの時間が経っていると思えた。その証拠に、外からは梟《ふくろう》の声が聞こえてくる。夜も随分と更けていた。

秋菊は読み疲れたのか、本を開いたまま、うたた寝をしている。しかしまだ白慧が帰ってくる気配はなかった。

花琳はもう一度、雪梅から借りた本に目を落とす。そうして表紙をめくると、そこには黒い花の押し花がある。読んでいるときに、本に挟まっているのを見つけたが、はじめて見る花だ。

黒い色は多少色褪《いろあ》せてはいるが、それでも妖艶な黒い色に目を惹《ひ》きつけられる。毒々しいのに、ひどく魅力的だ。花琳はその黒い花びらをじっと見つめた。

（大事なご本の中に挟んでいたってことは、きっとこの花は雪梅様にとって大事なものなのよね……それにしても……きれいなお花）

薄い大きな花びらが四枚重なっているのが、まるで絹を重ねたようで、思わず触ってみたくなる。けれど、触ればこの花びらを損ねてしまうかもしれない。

花琳はそっと本を閉じた。


玉春と静麗から距離を置くようにと白慧から言われていることもあるが、二人からぱったりと連絡が途絶えた。一時は毎日、いや、朝な夕なに使いの侍女がやってきたのにそれもない。どうやって断ろうかと思案していただけに断る必要がなくなったのは幸いとはいえ、少し物足りなくもある。

「静かでいいけれど、なんか拍子抜けだわ」

うーん、と花琳が大きく伸びをする。この物足りなさは、あの怒濤《どとう》の招待に慣れてしまったせいなのか。

あまりに時間を持て余すものだから、せめてとばかりに刺繍の練習をしている。秋菊はこれで結構な刺繍の名手であった。本当に、秋菊ほどの気立てのよさとこの刺繍の腕前があれば、どこの殿方に嫁いでも幸せを掴めると思うのだが、本人は謙遜している。

「虞淵様なんかお似合いだと思うのだけど」

ぼそりと独り言を呟くと、秋菊が「なにか？」と針を持つ手を止めて、顔を上げた。

「ううん、なんでもないの。ところで、玉春様と静麗様とはできるだけ距離を、と言われているけれど、会わないわけにはいかないし……」

玉春と静麗、という言葉を聞いて、秋菊は少し眉を寄せる。しばらく口を噤《つぐ》んでいたが、意を決したように口を開いた。

「……花琳様、これはお耳に入れたほうがいいかどうしようか迷っていたのですが……あの痩せ薬を持ってきていた商人は確かに出入り禁止になったのですよね？　でも、あの痩せ薬かどうかはわかりませんけれど、お二人はいまだになにか得体の知れないものを飲まれているようなのです。確かとは言えませんが、おそらく」

「どういうことなの？」

「お二方とも、今度は新しい舞の師匠について、美容にいい、という舞を教えていただいているようなのですが、秘術があるとかでときどき房に誰も入れないようになさっているらしいのです。なんでも美容によく効く香を焚《た》きしめ、その香りを嗅ぐと心も身体もすっきりすると。また薬酒と一緒だと効果が違うらしいとのことでその薬酒も飲まれているようなのです……ですが、伽羅宮と水仙宮にお勧めされている宮女たちに話を聞くと、肌も荒れてあまりよい状態ではないみたいで……。おまけにひどく怒りっぽくなったり、泣き出したり、気分の浮き沈みが激しいらしいのです。皆、あの薬酒と香のせいではないかと噂を。……ですから、花琳様はもし誘われても出向かないようになさいませ」

ますます二人の美容熱は過熱しているらしい。痩せ薬は煌月に止められているし、美容にいいという舞や香というのも、これまた胡散臭い。

「舞……ねえ……」

「実は……その舞の師匠をご紹介したのが、雪梅様という噂もあるのです」

「ええっ⁉」

まさか、と花琳は声を上げた。噂という話だから、違う可能性のほうが大きいだろうが、花琳には信じられなかった。雪梅は二人とはそれほど親しく付き合いをしていなかったはずだし、そういう人間を紹介するとも思えない。だが、目の前の秋菊は真剣に花琳に忠告している。

「舞の師匠が……これがたいそうな美女なのですが、その方と雪梅様が親しくお話しなさっているのを見たという宮女がおりまして……とにかく、明日、雪梅様の芙蓉宮にいらっしゃる際にはくれぐれもお気をつけて」

ひどく心配そうにする秋菊を前に、花琳は頷くしかできなかった。

「わかりました。秋菊の言うとおりにします。でも、明日はもうお約束してしまったから行くことにするわ。いざとなったら、逃げ出します」

秋菊もしぶしぶ納得し、訪ねることに同意した。

だが、次の日、芙蓉宮ではさんざんな思いをし、やはり玉春と静麗のいるところにはしばらく行かないでおこう、と花琳は決心するほどだった。

というのも、雪梅の演奏を前に、玉春と静麗は摑み合いのけんかをはじめたからであった。きっかけは些細《ささい》なことだったが、以前はその程度なら互いに無視してやり過ごしていたのに、互いの顔に引っかき傷ができるほどの争いになってしまったのである。

秋菊が言っていたとおり、ひどく感情の起伏が激しくなっているようだった。おまけに二人とも、奇妙な香りをさせていた。これまで花琳が嗅いだことのないものである。彼女たちにはそれが染みついているのか、なにも感じないようだが、花琳は思わず鼻を摘まみたくなってしまった。

それだけでなく雪梅が目眩《めまい》を起こし、追い出されるように帰ってきたのである。とはいえ、体調が悪ければ仕方ない。まったく今日はひどい一日だった。

ちょうど、氷《ひょう》からたくさんの蜂蜜が届いたところだ。蜂蜜は滋養によい。花琳は風邪のときにはこれをひと舐《な》めするだけで、あっという間によくなってしまう。きっと雪梅の体調もよくなるはず、と改めて蜂蜜を持って見舞いに行くことにした。

秋菊と出かけたのだが、やはり顔を見ることは叶わず、見舞いの品だけ置いて帰ることにする。

「早く、雪梅様のお琴がまた聴きたいとお伝えくださいませ」

そう言って宮女に蜂蜜を預けた。芙蓉宮でも、雪梅が臥せっているということで、どこかざわざわと落ち着かない様子である。

そうして芙蓉宮を出ようとしたとき、門近くですれ違った女性から漂ってきた香りに花琳はハッとする。

「…………」

思わず振り返ったが、その女性の姿はもうどこにもなかった。羽根と横笛を持っていたから、もしかしたらあれが例の舞の師匠という人だろうか。

「花琳様?」

秋菊に声をかけられて我に返るが、今嗅いだ香りはいつかどこかで嗅いだもののような気がする。それがどこだったのか、誰の香りだったのか、思い出せない。

もやもやと霧が晴れないような鬱陶しい気持ちになりながら、花琳は李花宮に戻る。

そして夜になって、花琳はひっそりと李花宮を抜け出した。

今夜はまた煌月と待ち合わせをしている。

うるさ方の白慧はしばらく宮殿を空けている。後宮にいる限りおかしな輩も入ってこないだろうし、花琳の側に秋菊もいるため心配ない。秋菊には本を読むのに集中したいから、部屋には入らないようにと言って、こっそり出てきたのである。風狼《ふうろう》を連れてきたかったが、風狼まで連れて出ると秋菊に悟られてしまう可能性もあるため、置いてきた。

いそいそと少し髪の結い方を変えてみたが、煌月は気づくだろうか。

（ま、煌月様は気づかないわね）

自己満足だが、それでも花琳はちょっとおしゃれをして、煌月に会いたかった。

「月がきれいだわ」

皓々《こうこう》とした月明かりは花琳の足元をしっかりと照らしている。ただ、これだけ明るいと人目につくかもしれない。花琳は注意深く歩いていった。

待ち合わせの睡蓮池の四阿に向かうと、すでに煌月がやってきていた。ぼんやりと小さな灯《あか》りが見えている。

「煌月様、こんばんは」

声をかけると、煌月が振り向いた。

月明かりの冴《さ》え冴《ざ》えとした光がちょうどいい感じに煌月の顔を照らしていて、彼の端整な美しさを際立たせている。

（ああっ、どんなときでも美しいお顔……！　お日様もお月様もみんな煌月様のために存在しているんだわ……！　眼……っ福……っ！）

今夜も煌月の顔を見ることができて、きっとよい眠りにつくことができる。この前も煌月と会った次の朝は心なしか肌つやがよくなった、と思ったものである。

（そうよ、どんなお薬よりも、煌月様のお顔。……はっ、もしや万病に効く……？）

煌月と一緒にいると、絶対病になどならないような気がする、と花琳が真剣に考えていたとき、煌月が「睡蓮の花が終わってしまいましたね」と花琳に話しかけてくる。

またぼんやりしてしまっていた、と花琳は慌てて「そっ、そうですねっ！」と答えたが、声が引っくり返ってしまう。そんな花琳を見て、煌月はプッと噴き出していた。

「もう！　そんなふうに笑わなくてもいいじゃないですか」

「ああ、すみません。あまりにも可愛らしかったのでつい。おや、今日は髪の結い方も変えていらしたのですね。お似合いですよ」

一瞬むっとしたが、髪型に気づいてくれたので、少し気をよくし、機嫌を直す。

「いいですけど。――でも、睡蓮のお花も終わってしまって、この池もちょっと寂しくなってしまいましたね」

確かにこの前まではいくつか花を咲かせていた睡蓮の花はもう終わってしまっていた。

「睡蓮といえば」

思い出したように花琳が口を開く。

「先日、煌月様に見ていただいた痩せ薬の中に蓮の実の芯が入っているっておっしゃっていましたよね？」

「ええ」

「気持ちを落ち着ける作用があるっておっしゃっていたけど、あれは本当？」

花琳の問いに煌月は頷いた。

「ええ、本当ですよ。ただ、私はそういうときには蓮の実の芯は使いませんが」

「煌月様はどんなのをお使いになるの？」

「私はそうですね、気持ちを落ち着けたいときには、柴胡《さいこ》や茯苓《ぶくりよう》などを調合したり、それでも眠れないときには花萱《はなすげ》の根を煎じたものに酸棗仁《さんそうにん》というものを調合したりしますね。ああ、ちょうど持っていますが、この実の種の殻を割った中身をね」

言いながら煌月は小袋から、褐色の実を取り出した。

「囓《かじ》ると酸っぱいんですよ。酸っぱい棗の仁……種の中身のことですね。だから酸棗仁と言います」

酸っぱい、と聞いて、花琳は渋い顔をした。煌月はその顔を見てふふ、と笑う。

「それで、なにか気になることでも？」

首を傾げる煌月に花琳は続けた。

「実は……玉春様と静麗様のご様子がおかしいの」

「おかしい？」

花琳は首を縦に振った。

「玉春様と静麗様、どちらも最近気分の浮き沈みが激しくなっておいでで……以前はちょっと意地悪だったり、ちょっぴり怒ったりはしていましたけど、このところ、あたり構わず泣きわめくかと思ったら、やたらとご機嫌で大きな声を出して笑っていることもあって。今日なんかは摑み合いのけんかまではじめてしまったの。……なにかおかしい気がして」

花琳は二人の異常とも思える様子に、心配になっていた。正直なところ、二人とも大好きという人たちではないが、心の底から悪い人間ではないと思っている。それだけに少し前までの彼女たちとは違った様子に戸惑うばかりだ。

「痩せ薬の商人は現れなくなったようだけど、今度は得体の知れない舞にはまっているみたいで、しかも、変な匂いのする香を焚いているようだし……」

「変な匂いの香……ですか……」

煌月は花琳の話を真剣に聞いており、時折眉を寄せるような表情も見せている。彼もやはりおかしいと思ったのだろう。

今までは煌月が後宮に関心がなくても仕方ないと思っていたが、妃嬪らのなりふり構わない姿を見て花琳はほんの少し煌月に対して文句を言いたかった。

「あのね、煌月様。皆様、煌月様に気に入られようと必死なの。そういう気持ちから痩せ薬とか妙な舞とかに手を出すの。だからもう少し後宮にいる女性たちのことを考えて！

みんな煌月様とちゃんとお会いしたいの。お話も聞かないでただ避けるっていうのは卑怯よ。紅葉の宴だって色づきが悪いから先送りになっているのかもしれないけど、でも」

花琳はじっと煌月の目を見ながら訴えた。

煌月がもう少し後宮に関心を持ってくれたら、彼女たちも行きすぎた薬の服用はしないはず。それに以前の湖華妃のことも、もう少し煌月が後宮に関心を持っていたら、防げていたかもしれない。

「笙王《しょうおう》に向かってとんでもないことを言っているのはわかっているわ。ここを追い出されて……ううん、ここで煌月様に首を刎《は》ねられてもおかしくないくらいのことを言っているのもちゃあんと理解しています。でも、せっかく皆様煌月様のためにきれいになろうって思っていらっしゃる気持ちもわかって欲しいの。頑張っている女の人の気持ちを無碍《むげ》にしないで。……煌月様はけっしてぼんくらではないけど、そういうところはぼんくらだわ！」

きつい物言いをしているのは花琳も自覚しているし、ものすごく生意気な口を利いているのもわかっている。白慧にあれだけ強く釘を刺されたのに、またやってしまった、と言い終えてから花琳は反省した。

「――耳が痛いですね。まったく花琳様は歯に衣着《きぬき》せないし、とても真《ま》っ直《す》ぐでいらっしゃる」

花琳が訴えた後、黙っていた煌月はようやく口を開いた。

ごくりと息を呑みながら花琳は煌月の言葉を聞く。勢いのまま煌月に苦言を呈したが、冷静になってみると顔をまともに見られない。次になにを言われるだろうか、とびくびくしながら続きの言葉を待つ。

「花琳様のおっしゃるとおりですね。苦手だからと逃げるのは卑怯でした。もう少しきちんと向き合わねばなりませんね。……思えば前に花琳様にもご迷惑をおかけした湖華妃の件でも、私があの方ときちんと話し合いをしていたら、あのような悲劇にならずに済んだかもしれません。……また同じ過ちを犯すところでした」

ありがとう、と煌月が花琳に礼を言う。

罰せられるかもしれないと覚悟していたのに、逆に礼を言われて、花琳は狼狽える。

「ごっ、ごめんなさい！　生意気なことを言って……煌月様にお説教するつもりなんかこれっぽっちもなかったの。でも……玉春様も静麗様もあまりにお可哀想だったから」

「わかっていますよ。花琳様はとても思いやりのある方だから、放っておけなかったのでしょう。まあ、これで私に説教できる人間に花琳様が増えたことになりますね」

ふふ、と煌月は愉快そうに笑う。

これはこれでよかったが、このことが白慧に知られたら、今度は花琳が白慧に雷を落とされる、と思いながら花琳は煌月に合わせるように、ぎこちなく笑う。

「では、そんな花琳様に今日はこちらを」

煌月が取り出したのは、きれいな細工の月餅である。

「月餅！」

「ええ、前にお約束したでしょう？　おいしい月餅をお持ちしますと。残念ながら、雪梅様のご実家の華慶楼のものではありませんが、これもとてもおいしいものですよ」

召し上がれ、と煌月はにっこりと笑う。

花の文様があしらわれている月餅は、中に木の実がぎっしりと詰まっていて、香ばしさもありとてもおいしいものである。

花琳は煌月と二人並んで、ゆっくりと月餅を味わう。

「――私の側にいるのが花琳様だったらいいと思うのですよ」

独り言のように呟かれた煌月の言葉に花琳は自分の耳を疑う。ハッとして、煌月のほうへ顔を向けたが、彼は何事もなかったかのようにいつものような穏やかな顔を見せているだけだ。だから花琳は聞き間違いだと思うことにした。……少しだけ頬を染めながら。

ともあれ、煌月は花琳の意見を聞き、ひとまず急ぎ宴を催すことになった。

妃嬪らの機嫌を取ることができれば……また、煌月が痩せ薬に頼るなと言い含めれば、彼女たちは服用をやめるだろうし、被害はこれ以上増えることはないはずだ。

そして宴の当日。

「花琳様、そろそろ参りませんと」

支度に手間取って、御花園へ向かうのが遅くなってしまった。やはりこういう段取りは白慧がいないと捗らない。その当の白慧はまだ花琳の元には戻ってきていなかった。

（白慧……大丈夫かしら）

そんなことをふと思っていると、風狼が花琳の側に寄ってきて「クゥン」と鳴く。

「ありがと、風狼。ちょっと白慧のことが心配だっただけ。――心配といえば、煌月様も心配ね。早く行きましょう」

風狼の頭を撫で、花琳は「行ってきます」と声をかけて房を出た。

花琳が御花園に着くと、すでに煌月の側には静麗と玉春がいた。二人は煌月と楽しげに話をしている。どうやら心配はなさそうだ、と花琳は用意されていた席に着いた。

今回の宴は様々な趣向が凝らされており、紅葉が敷き詰められた池を舟で散策したり、宮女たちによる琴や琵琶の演奏があったりと実に華やかなものである。

春の花もいいが、秋は秋で落ち着いた色合いの花々が御花園には咲き乱れている。美しい菊畑の中に設えられた席で余興を楽しみ、花琳は特に太鼓を用いた舞楽に目を奪われていた。優雅なのにどこか勇壮さもあり、元気になるような気がする。舞楽から笛の演奏に代わったとき、花琳はあたりを見回した。静麗と玉春は相変わらず煌月にべったりだが、雪梅はどうしているだろうと思ったのだ。

「あら、あちらにいらっしゃったのね」

雪梅の姿を認めたが、雪梅はチラチラと煌月のほうへ視線を向けていた。どうやら煌月を気にしているらしい。

(雪梅様、前に煌月様のこと興味がないっておっしゃっていたけど、やっぱり気になるのね)

うんうん、と花琳は何度も頷く。

(わかるわ……その気持ちわかってよ……雪梅様。煌月様のあのおきれいなお顔を見たら、気になってしまうもの……！　本当におきれいよね。はあ……やっぱり遠くから見ても美しい……目の保養だわ……さいっっっこう……っっっ！)

間近で何度も見ているが、最近は遠くから見ることはほとんどなかった。こうして離れたところから見ても煌月の美しさは際立っている。

遠くでもきらめきが違うのだ。彼の周りだけキラキラとなにかが光って見える。どんな角度からでも美しい顔というのはそうそうないが、煌月はどこからどう見ても麗しい。

そう思いながら雪梅と煌月を交互に見る。

「…………？」

雪梅は煌月の顔に見とれているわけではなく、ただじっと視線で射るように見つめている。その視線は鋭く、どこか怖いほどでもあった。

煌月が雪梅の視線に気づいたのか、雪梅のほうへ顔を振り向ける。そのとき雪梅は煌月から顔を背けるようにし、視線を外したのだった。

（え……なんか……ちょっとおかしい……？）

一瞬、そう思ったが、きっと気のせいだろうと花琳は雪梅の仕草については忘れることにした。

「楽しんでいらっしゃいますか」

ふいに声をかけられ、ちょうど鶉《うずら》と蓼《たで》の羹《あつもの》を口にしていた花琳は思わずむせてしまいそうになった。同時に山椒《さんしょう》の実を嚙ってしまい、辛さに目を丸くする。

「はっ、はい！」

振り返ると、煌月がいて、また目を丸くする。てっきり、静麗や玉春と話し込んでいると思っていたので、油断していた。

「それはよかった。今日も花琳様のために、たくさん果物や甘いものを用意させましたからね。存分に召し上がってください」

「……煌月様、もしかして私をすごい食いしん坊だと思ってらっしゃる……？」

なんだかとても大食漢だと思われているのかもしれない。というか、餌付《えづ》け……？

「いえいえ、そんなことはありませんよ。ただ、おいしそうに召し上がっているお顔はとても可愛らしいので、つい、ね。……ああ、今日のお召し物はとてもいいですね。花琳様らしい明るいお色だ。芍薬の刺繍もすてきですね。それに簪もお揃いでしょうか。お似合いですよ」

煌月に褒められ、満更でもない、と花琳は食いしん坊扱いされたことを水に流すことにした。

そう、今日の衣裳も簪も先日新調したものだ。桃色の裳は金糸で蝶と芍薬が刺繍されている。簪とお揃いである。気づいてくれてホクホクである。

「陛下、そろそろ」

お付きの者に声をかけられ、煌月は「ではまた」と立ち去っていってしまった。

(もう！　ほんのちょっとしかお話できなかったじゃない)

少々不満ではあるが、これも仕方ないと思い、花琳は鳳梨に嚙りついたのだった。

第五章　白慧と虞淵、哥の街を疾走す

その頃、虞淵《ぐえん》と白慧《びゃくけい》は市中を駆け回っていた。

「いつまでこの姿でいなければならないのですか」

不満げに白慧がこぼす。

「今しばらくだ。さ、この先に元締めがいるらしい」

はいはい、とおざなりに返事をして、白慧は前を行く虞淵の後を追った。

女装した白慧が一度は件の痩せ薬を求めたのだが、残念ながら偽煌月《こうげつ》には出くわすことはなかった。そのため正攻法で改めて調べることにしたのである。とはいえ、白慧が女装していたほうが痩せ薬について聞きやすいこともあって、いまだ変装は解いていない。

「志強《しきょう》……というのだな？」

虞淵が痩せ薬を売りさばいている商人をようやく突き止めると、志強という者から仕入れていると口にした。

ここまで来るのに、随分と回り道をした。というのも、後宮に出入りしている商人に聞けば仕入れ先は簡単に判明すると思っていたのだが、そうではなかったからだ。後宮に出入りしていた商人はさらに別の商人から仕入れているという。要は元締めの役割をしている者がいるとのことだったが、決まった店舗がないことから捜索は困難を極めていた。そして、その元締めとなんとか接触することができたのである。

だがそこでも壁にぶち当たる。元締めの商人はさらに別の者から痩せ薬を仕入れていたのだった。

「ええ、私の口からはそれしか言えません。これ以上は勘弁してくださいよ」

おまえがバラしたことは誰にも口外しない、と約束したが、得られた情報はその志強という者が痩せ薬を作っている、ということだけだった。

これでまた広い哥《か》の街を歩き回って、志強という男を捜さなければならない。

「……わかった。教えてくれて感謝する」

虞淵と白慧はそう礼を言うと、元締めの元から立ち去った。

「まったく難儀なことだ。しかし、あの者からいくつか例の薬をせしめることができたゆえ、これで煌月様も納得してくれるのではないか」

白慧が言うと、虞淵は首を大きく横に振った。

「いや、それはないな。煌月という男はたいそう諦めの悪い男でな。自分が興味を持ったものはとことんまで結果を出さなければ納得せん」

確かに、と白慧は頷いた。両親の死の原因である薬物を十年以上も探し続けていたのも、そのとことんまで突き詰める性格のためだろう。

とはいえ、この広い哥の街で、志強という名前だけを頼りに捜索するというのもなかなか骨が折れることだ、と思っていた。

そのときだ。「志強さん」と雑踏で誰かがその名前を口にしていた。

虞淵と白慧は咄嗟に声のほうへ顔を振り向ける。

声の主は虞淵たちから少し離れたところにいた。中年の男で、別の若い男を呼び止め、二言三言話をすると立ち去っていった。そして志強と呼ばれた若い男は、ある書肆へ入っていく。

「今、志強と呼んでいたな」

「ええ」

「聞き間違いかもしれないが、行ってみる価値はあるな」

白慧が頷き、二人はその書肆へ急ぎ向かった。

「ここは……」

書肆の前まで来ると、白慧があっ、となにか思い出したように口にする。

「どうかしたのか」

「いえ、ここは花琳《ふありん》様のお使いで、一度参ったことがございます」

「花琳様の？　ああ、本がお好きだと言っていたか」

「ええ。ここはたいそう品揃えがいいと評判でして、新作が続々と売られるのです。ですから、花琳様も気に入っておられまして、また行ってきてくれるか、とねだられておりました」

その書肆は新しくできたばかりだが、流行作品があっという間に入荷し、そのため最近とても人気だということだ。白慧が訪れたときには普通の書肆だと思っていたが。

なぜここにさっきの男が、と白慧は首を傾げる。

「まあ、入ってみようか」

虞淵はそう言うなり、店の中へ足を踏み入れる。中では多くの客が本を物色している。店内をぐるりと見回すと、平台の上にたくさんの本が積み上げられ、その脇には小さな幟《のぼり》があって、《本日入荷　話題の呉愛苓《ごあいりよう》最新刊！》などと書かれている。そして山積みの本へ次々と人の手が伸び、それを手に取っていく。ものすごい売れ行きだ。

その様子に虞淵は感嘆の息をついた。

「うーん……俺はこういうのはとんとわからないのだが、呉愛苓という作家はよほど人気があるのだな」

「そうですね。私は花琳様から伺って知ってはいますが……それにしても、呉愛苓の最新刊など……この書肆はどこよりも早く本にしているようですね」

多くの作家の作品は、どこの書肆でも勝手に製本することができる。そのためいち早く本を売ることができるのは、書肆としてとても有利に働くのである。

この呉愛荼は大陸でも有数の人気作家であり、愛好家は新作を非常に待ち望んでいる。

だが、作品ができても、本にするには写筆か木版での印刷をしなければならない。大量に作るには当然印刷だが、版木を作る手間も時間もかかり、次の新刊は年が明けてからになるだろうと言われていた。

花琳も呉愛荼の作品を待っている一人であるが、この書肆の様子を見たなら、狂喜乱舞することだろう。こんなに早く新刊が出るとは思っていないはずだ。

「――仕方ありませんね。花琳様のお土産に私も一冊買い求めることにいたします。これほど早く出せるのはやはりおかしいような気もいたしますし。もしかしたら偽物ということもあり得ます」

そう言って、白慧は本の山から一冊手に取ると、店員の元へ足を進めた。

代金を支払い、戻ってくると白慧は本をパラパラとめくった。

「見たところ、おかしなところはないようですね。確かに呉愛荼の作品のように思えます。印刷にも雑なところは見られませんし、偽物とは思えません」

そう白慧が虞淵と話をしていると、店員が寄ってくる。

「偽物ではございませんよ。やはりお客様の中にはそう疑われる方もいらっしゃるのですが、私どもは非常に迅速に製本しておりますので、これほど早くに新刊を出すことができるのです」

ニコニコと人の好《よ》さそうな店員は白慧にそう説明をする。

やはり白慧と同じように、こんなに早く新刊を出すことができるのはおかしいと思っている人間はいるらしい。店員にしてみれば、なにも珍しいことではないようだった。

「これは失礼。疑ってすみませんでした。製本の具合もよく、紙も上質だ。……ときになぜこのように早く新刊を出すことができるのですか。伺ってもよいでしょうか」

「もちろんです」

人のいい店員は頷き、「こちらへ」と書肆の奥へと虞淵と白慧を案内した。奥には工房があり、多くの少年や少女が版木を彫ったり、製本をしたりと、忙《せわ》しなく働いていたのである。年の頃は、上は十六、七くらいから、下はおそらく五つ、六つ、というくらいだろう。様々な年頃の子どもたちが、熱心に作業していた。ここだけでも十五、六人はいるだろうか。

「これは……」

白慧も虞淵も目を丸くする。これほど多くの子どもたちが働いているとは思ってもみなかったという表情である。

「この子たちは皆、孤児でした。わたくしどもの主人はこの子たちに、ここで印刷と製本の仕事を与えております。孤児を引き取り、衣食住と賃金を保証して、いつか自立しても生きていけるようにと」

孤児の問題はどこの国でも多かれ少なかれ生じている。笙《しょう》はまだましなほうだが、他の国では戦乱や干ばつによる作物の不作、また流行病によって親を亡くした子による犯罪が後を絶たないという。生きていくために必死だということだ。そして近年、他国から笙へ入り込む少年少女も増えている。

この書肆ではそういった子を引き取って本を作らせることにより、人件費を安く抑えることができ、また早く店頭に並べることができるということだった。

衣食住を保証していることで、飢えた子どもは減り、犯罪も減る。印刷などの仕事を覚えることで、読み書きなども覚えるといい、結果他の仕事に就いても役に立つという。

「なるほど、慈善事業……社会貢献をなさっていると」

「ええ、根が真面目《まじめ》な子たちですからね。毎日、よく働いてくれていますよ。それに無理に働かせていないというのは、ご覧になってもおわかりでしょう？」

店員の言うとおり、子どもたちを虐待していない、という雰囲気はよくわかった。肌つやもよく、痩せすぎておらず、自ら率先して仕事をしているというのが感じ取れた。

「いや、すばらしい。感服いたしました」

「ありがとうございます。こんなわけでございますので、よりよい作品を早くお手頃な価格で、皆様に提供できるということなのです。ご理解いただけてとてもうれしいです」

店員は自慢げな笑顔を浮かべる。

「——では、また寄らせていただきますよ。新作が早くに読めるというのはうれしいことですからね」

「お待ちしております。数日後にはまた別の作家の新作が上がる予定でございます。ぜひお立ち寄りくださいませ」

折り目正しい店員は、虞淵と白慧に向けてそう言いながら見送った。

店を出た二人は店員の姿が書肆の中に消えたのを確認し、陰に潜んで、書肆に目を向ける。

「……どう思われましたか」

白慧が虞淵にそう問いかけた。

「ああ……孤児を引き取って、衣食住を与える代わりに安い賃金で働かせるというのは、そう悪くはない。慈善事業の一環と思えば、おかしくはない」

「そうですね。私も……一見、おかしいところはなにもないように思えるのですが……」

そう言ったきり、白慧は黙り込んだ。

「どうかしたか？」

「いえ……なんというか、確証はありませんが、少し胡散臭い気がいたしまして」

「胡散臭い？」

「ええ。先ほど、あの書肆に入っていった、志強と呼ばれた男は中に入ったまま出てきませんでしたし……奥を見せてもらいましたが、それらしい男の姿は見られませんでしたよね？　客の中にもおりませんでした。私にはあの店員がわざわざ奥の工房を私たちに見せて、気を逸らしたような気がしてならないのです」

白慧の言葉に虞淵は頷いた。

「なるほど。俺もあの店員がはじめから俺たちに近づいてきたのが気になってはいたが」

他にも客はいたし、白慧と同じように本をパラパラめくって、本物の呉愛苓の本かどうかと検分していた者も中にはいた。なのに、店員はすぐに自分たちのほうへやってきて声をかけたのである。

「白慧殿、少し張ってみますか」

「ええ、それがよいかもしれません」

書肆に入っていった男の正体が気になるが、あの書肆自体も気になるところだ。ひとまず見張りを虞淵に任せ、白慧は数軒先にある古物商の店で買い物をするふりをして書肆について聞いてみた。

気のよさそうな古物商はあの書肆が最近できたことや、主人は藍天《らんてん》という男だと教えてくれた。虞淵の元に戻ってそれを報告する。

「志強、ではないのか。……藍天……どこかで聞いた覚えがあるような」

虞淵は首をひねり、自分の知る名前ではないかと思い出そうとする。が、思い出せなかったようで大きく溜息をついた。

「思い違いかもしれん。とにかく、志強という名ではなかったのだな」

「そのようですね」

志強と呼ばれた男が書肆に入っていき、出てこないところをみると、てっきり志強があの店の主人なのかと思ったが、どうやら違うらしい。ひとまず虞淵とともにしばらく見張ることにした。

日が暮れて、薄闇があたりを包む頃、ようやく書肆に動きがあった。

最後の客と思《おぼ》しき男性が店を出てからしばらくした後、一人の青年が書肆から出てきた。

「虞淵殿、あれは」

目ざとく白慧が青年の姿を見て、日が落ちていたこともあり顔つきまではっきりとしないが、背格好や着ていたものから、昼間志強と呼ばれていた青年だと言う。

青年はあたりを見回すようにすると、足早に花街のほうへと向かっていく。

「後を追いましょう」

二人は青年に気づかれないようにそっと後を追う。青年は花街を慣れた様子で歩いていくと、立派な妓楼に入っていった。建物は大きく、そして絢爛である。随分と高級そうな店構えに二人は目を瞠った。

「妓楼か……はて、ここは確か」

あっ、と虞淵がなにか思い出したように声を出した。

「虞淵殿、この妓楼がどうかなさいましたか」

「いや、すまぬ。さっき、白慧殿が古物商から、書肆の主人の名を聞いてきただろう？　藍天と」

「ええ」

「この妓楼の主の名も藍天というのだ。最近この哥の街での商売でめきめきと成長していった者のようで、妓楼をいくつも持っている。宣伝もうまいし、またこんな高そうな妓楼なのに、花代は安いらしい。妓女も粒揃いで、繁盛していると聞く」

「なるほど、見てくれは非常に高そうですね。客も高い妓楼に行った気分を味わえて満足し、花代が安いからと何度も通うというわけですか」

「そういうことだ。そうか……慈善事業というのは……」

虞淵はひとり納得しているように、うんうんと頷いている。そしてようやく口を開いた。

「ここの主の藍天とやらが、慈善事業として空き家を買い取っていると聞いたことがある。おそらくそこにさっきの孤児を住まわせているのかもしれないな。藍天はほとんど顔を出さないと言うが」

「辻褄《つじつま》は合いますね」

「ああ。それに藍天は顔を出さないどころか、本物の藍天を誰も見たことがないらしい」

「本物？　どういうことですか」

煌月の偽物が現れたり、藍天なる人物は誰も見たことがなかったり、本物だの偽物だのさすがの白慧も頭を抱えたくなっていた。

「なんでも、藍天は代理人に仕事をすべて任せているらしくてな。自分が本物と言ってやってくる人間はすべて別人らしい。だから本当の顔はよほど近しい者でなければ見たことがないってことだ」

「……面倒なことですね」

白慧がいかにも嫌だという顔をすると、虞淵も同じように渋面を作り、そして二人で苦笑いをした。

「とにかく一晩様子を見ましょう」

だが、一晩経っても妓楼から志強らしき男は出てくることはなく、そのまま朝を迎えたのだった。

妓楼の付近でずっと張っているわけにもいかず、志強が妓楼に関わる男だということはわかったため、ひとまず別の方向から調査をすることにした。

やはり書肆に引っかかりを覚えた虞淵と白慧が、周囲に聞き込みをすると、あることがわかった。

ひとつには志強という男が藍天本人であったこと。志強がどうやら本名らしく、その名前は隠して、偽名でいくつも店を経営しているということだ。どうりで志強の名を口にしてもなかなか情報が得られないわけだ、と納得する。

そしてもうひとつは――。

「書肆から出てきた女から妙な香りがする、というのだな」

ときどき、書肆の隣で野菜や果物を売る男が「なんつうか、酸っぱい、いやあな匂いをしている女がいるよ」と証言したのである。

どうやらその匂いをさせる女は一人や二人ではないらしい。入るときにはなにも匂いをさせていないのに、長いこと書肆にいて、そして出てくるときには独特の香りを身にまとっているというのだ。

「やはりおかしいな」

虞淵と白慧がこの書肆に入ったときには、そのような匂いを感じなかった。となると、店舗の匂いではないのだろう。だが、確かにここに客が入っていき、そしてここから出てくるのだとすると、この書肆で匂いをまとうなにかをしている以外には考えられない。

おそらく、この店舗の奥か、または地下になにか仕掛けがあるに違いない。そう踏んだ。

そして、匂いとなると——。

「風狼《ふうろう》を連れてきてはどうか」

突拍子もない虞淵の提案に、白慧は頭を抱える。

「あのですね、風狼は猟犬のように匂いでなにかを追う、などという訓練はしておりませんよ」

「いやいや、わからんよ。あいつはたいそう賢い。そのくらいのことは簡単に覚えてしまうかもしれぬ。まあ、いいから試しに」

そういいように言いくるめられ、白慧は風狼を連れてくる羽目になったのである。

(この人使いの荒さは、笙王譲りでしょうか……)

本当にこの国の王や将軍ときたら気軽すぎるでしょう、と白慧は溜息をつきながら「これも花琳様のため」と賢い白い犬を伴い、再び調べに取りかかることになった。

虞淵と白慧、そして風狼は店の裏手に回る。

「特になにもないな」

「おや、虞淵殿、この書肆……表からは隣とは別の建物のように見えていますが、裏では行き来ができるようですね」

「ほう。ではこっちか」

書肆の隣の建物は、ずっと閉められたままで、特に関わりもないと思っていたが違うらしい。裏口同士がすぐ側にあって、容易に行き来ができるようになっていた。

「ああ……確かに、なんか妙な匂いがしますね……ん？」

「なんだ？　うわっ」

白慧はぐいと虞淵の襟首を掴み、そこにあった人の身体ほどの大きさの大瓶の陰に隠れた。「おい」と声を出しそうになったので、さらに手で口をふさぐ。虞淵が呻《うめ》いてじたばたしていると、裏口の扉が開く。

「志強さん、あちらへ？」

「ああ。後は頼む」

「承知しました」

そんな会話の後に扉の内側から現れた男の顔を見て、虞淵も白慧も腰を抜かすほど驚いた。というのも、その男の顔が煌月に実によく似ていたからである。

「…………！」

思わず声を出してしまいそうになり、すんでのところで堪える。そうして男は虞淵らに気づくことなく、すたすたと歩いていった。

「驚きましたね」

白慧がようやく虞淵の口から手を離す。

「それより、おい、白慧殿、ひどいじゃないか」

「不可抗力です。ですが、見つからなかったでしょう？」

白慧はにやりと笑う。それは確かにそうである。降参とばかりに虞淵は肩を竦めた。

「ああ、一瞬だけじゃあ、あれは見間違う。兄弟といってもいいだろうな。あれだけ似ていたら確かに本人と名乗っても納得する」

はあ、と虞淵は感嘆の息を漏らす。白慧も自分の目を疑ったほどで、男の容姿に釘づけだった。

「追いましょう」

「ああ……それじゃ、追うとするか」

風狼を伴い、二人で男の後をつける。

しばらく歩いていくと、男は安化門《あんかもん》近くにある、妓楼の中に入っていった。そこは先日、志強が入っていった妓楼だ。

「またここか……」

「やはりここを探るしかなさそうですね」

話をしていると、風狼が虞淵の袍の裾を口に咥《くわ》え、引っ張った。

「おいおい、どうした」

すると風狼は「ウー」と唸ったかと思うと、いきなり妓楼の隣にある建物のほうへ向かっていく。そこはかつては大きな妓楼だったが、今は営んではいない。すっかりさびれてしまった建物だ。

「風狼、どうした。そっちは行くな」

だが、虞淵に構わず、風狼は歩いていく。仕方ないというように虞淵と白慧は風狼の後を追った。とうとう門をくぐる。

風狼のおかしな様子に白慧は眉を寄せた。風狼はあたりをキョロキョロとすると、鼻をひくつかせる。しばらくあちらの方向、こちらの方向、とクンクンと匂いを嗅ぐような仕草をしていたが、あるとき、地面に向かって「ワンッ」と一声吠《ほ》えた。

そこには黒い花が一輪落ちている。すっかりしなびてはいるが、芥子のような花である。もう一度風狼は一声上げ、同時にある方向に向かって歩きはじめる。虞淵と白慧は顔を見合わせて、風狼に従った。

門扉の内側にも黒い花びらが落ちていた。

「白慧殿、風狼はどうしたのだろう」

「わかりません。……ただ、この花は……芥子のようですが。黒い芥子などはじめて見ました。しかし、これが本当に芥子だとしたら……」

芥子、と聞いて虞淵の顔も引き締まる。

それは無断で栽培してよいものではない。ご禁制の植物であり、それがあるとするなら一大事となる。

二人のことなど知らぬとばかりに、風狼はいちいち匂いを嗅ぎながら、建物へ入っていった。

かつては大店だったというその建物は、今はもう見る影もない。庭や門までもまったく手入れがされておらず、草が生え放題になっているその様は、敷地が広いだけに幽霊屋敷のようにさえ思えてしまう。

ひどい有様だ、と思いながら虞淵と白慧は先を進んだ。

誰かがそこを通っているだろうと思われる、獣道のような道を風狼はずんずんと進んでいく。扉が壊れた朽ちた家屋の中へ入っていき、中庭までたどり着く。

そしてある扉の前で、風狼はまた「ワン」と声を上げた。

その扉だけやけに頑丈そうで、しかも新しい。そして扉の外側には鍵がかかっていた。ちょっとやそっとでは壊れそうにない錠前で、これだけ厳重に施錠するのだから、この扉の向こうにはなにか特別なものがあるに違いないと思わされた。

さて、どうしようか、と思ったときだ。

扉の中から、啜《すす》り泣く声が聞こえてきた。

「虞淵殿……！」

虞淵と白慧は顔を見合わせる。しかもその泣き声は、一人だけではないようである。中に入るには扉を打ち破る他ないかと思ったが、鍵もなく、斧《おの》のようなものもない。どうしたものかと思案していたときだ。

「おまかせください」

白慧が自らの髪に挿していた二本の簪を引き抜き、錠前の鍵穴へ差し込んだ。器用に二本の簪を操っていると、鍵が外れる。

「お見事」

意外にも錠前外しの特技を持っていた白慧に、虞淵が感心したように言った。それにしても手際のいいことだった。おまかせください、と言ったとおり、頑丈な錠前が呆気《あっけ》なく外れてしまったのだから。

「あまり褒められた特技ではないのですが」

苦笑いを浮かべて、白慧が言う。が、これで中に入ることができる。虞淵と白慧は顔を見合わせて、扉を開いた。

「――――!」

虞淵と白慧は同時に目を見開いた。というのも、そこには一面に黒い花が咲き乱れていたからだ。そして風狼はしきりに吠える。

広い部屋の中は、花畑であった。だが、鉄格子がはめられている窓があるきり、日があまり入らず明るいとはとても言えない。そして数人の子どもたちが泣きながら畑の隅で蹲《うずくま》っていた。秋だというのに、中はそれほど涼しさを感じず、暑いほどだ。

広いとはいえ、部屋の中に畑があるとは思っていなかった虞淵と白慧は茫然として立ち尽くした。が、風狼の声で我に返る。

「これは……」

虞淵は吠え続ける風狼を宥《なだ》めると、咲いている花の一輪を摘んで手に取り、目の前にかざす。白慧も虞淵の持っている花をじっと見つめた。

「黒いですが、芥子に見えますね」

「白慧殿もそう思われますか」

「ええ。……虞淵殿、その花をお貸しくださいませ」

言われて虞淵は白慧にその花を渡した。透けるほどの薄い花びらはまるで絹のようで、黒い色もとても美しい。葉は茎を抱くようにしており、その切れ込みは浅い。顔を近づけると、独特の悪臭がして、思わず顔を背けた。

「煌月様に伺わなければはっきりと断定はしかねますが、黒くともこの花は芥子でしょう」

そう言うと、白慧は畑の中を見渡す。そしてなにかに気づいたのか、畑の中程まで歩いていくと、すでに花が落ちて葉と茎だけとなった植物体を摘んで戻ってきた。

「これはまだあまり大きくはなっていませんが、芥子坊主ができています」

言いながら、白慧は茎の上で膨らみ、球状になっている部分に傷をつけた。するとそこから、白い乳液状の汁が垂れはじめる。

「やはり阿片の原料となりそうですね」

眉を寄せ、「煌月様に早く見ていただきましょう」と言う。

虞淵は畑をぐるりと見回すと、「確かにこんなところで芥子栽培をしているとは思わないな」と大きな息をついた。

「――それより、子どもたちをどうにかしなければ。外から鍵をかけられていたということは、あの子たちは閉じ込められているのですよね。もしかして、ここで芥子栽培を手伝わされていたのでしょうか」

「そうかもしれん」

虞淵は白慧に答えると、蹲っている子どもたちのほうへと歩いていき、話しかけた。白慧はその間、黒い芥子を数本切って摘むと、持っていた手巾に包み、懐へしまった。

虞淵は子どもたちを引き連れて戻ってくる。

「やはりこの子らはここで働かされていたようだ。閉じ込められたまま放っておかれて、腹を減らしていた。満足に飯を食わせてもらっていないようだな」

一日一度、見張りがやってきて、食料を与えはするらしい。その際に水を汲《く》ませ、花畑の世話をする。そのときだけ外の空気を吸うことができるようだった。しかしそれ以外は鍵をかけられ、ずっとここに閉じ込められっぱなしという。

「あの子たちを連れ出しましょうか」

白慧の提案に虞淵はしばし考え込む。だが、その提案には首を横に振った。

「あの子たちを逃がすのは早計かもしれない。ここに誰もいなくなれば、敵は勘づかれたと知って、証拠をすべて処分する可能性が大きい。なにせ相当頭の切れる人間のようだから、うかつなことをすればこれまでのことが水の泡だ」

子どもたちへ視線を巡らせ、「しかし……」と言いながら白慧が顔を顰《しか》める。食べるものを満足に与えられず、劣悪な環境で働かされている彼らを果たしてこのままにしておいていいものか。白慧の心配を見透かしたように、虞淵はこう続けた。

「もちろん、あの子たちをいつまでもここに閉じ込めておくことはしない。ひとまず……しばらく不自由がないように食べる物を与えて、機を見て仲間をしょっ引くことにしよう。そこから一気にたたみかけることができるかもしれん」

慎重に相手を追い詰めるべきだ、という虞淵の提案に白慧も納得した。ひとまずこちらも見張りを立てておき、動きがわかるようにしておくことにする。食料を与えた後、子どもたちにはもうしばらく我慢を強いることになるが、必ず助けにくると約束して、二人はこの場を去った。

第六章　花琳、物語の如くはじめて胸の痛みを知る

「どうかされましたか」

ぼんやりと外を見ている花琳《ふありん》に白慧《びゃくけい》が話しかける。

ひととおりの調査を終えた白慧が戻ってから、数日が経っていた。ようやく李花宮もいつもの日々を送ることができている。

「ううん、別に」

「珍しく物思いに耽《ふけ》っていらっしゃいますので、なにかあったのかと。悪いものでも召し上がりましたか。お腹の調子は？」

「ひっどーい！ちょっと考えごとしていただけじゃない。お腹の調子って、私がいつでもなにか食べているみたいに」

「おや、一昨日《おととい》、煌月《こうげつ》様からいただいた胡桃の菓子と月餅をムシャムシャ食べすぎて、お腹を痛くしていたのはどこのどちら様でしたか」

うっ、と花琳は返答に詰まった。というのも、そのとおりだったからである。宴の際に

花琳は煌月から胡桃の菓子をたくさんもらっていた。以前それが好きだと花琳が言ったからなのだが、それを忘れていなかったらしい。やみつきになるほどおいしいその菓子をついつい食べすぎてしまい、それにこの前も食べたとてもおいしい月餅もあったものだから、調子に乗ってそれも食べてしまい、昨日は一日腹痛に悩まされていた。

「それは……食べすぎたのは否定しないわよ……でも、今日は違うから！」

むきになって、花琳は否定した。そう、今ぼんやりとしていたのは別の理由によるもの。

「そうでしたか。なにか花琳様を悩ませることがおありになりましたか」

「う……ん。あのね……雪梅《せつばい》様のご様子が気になるの」

「雪梅様がどうかなさったのですか。そういえば、今日はお茶のお誘いを受けていたのではなかったのですか」

雪梅と花琳はしょっちゅう行き来をする仲になっており、毎日のようにどちらかの宮殿でお喋りを楽しんでいた。今日も花琳は雪梅の芙蓉宮へ行く予定だったのだが、出かけてはいない。

「そうなのよ。今日も伺うつもりだったのだけどね、先ほど使いの方がいらして、来ないでほしいって」

なにか気に障るようなことをしたのかと、花琳は悩んでいるのだった。

昨日は腹痛で出向けなかったのだが、そのせいで雪梅の機嫌を損ねてしまったのかもしれない。それでなくとも、ここ数日、雪梅は気分の乱高下が激しく、花琳は少し持て余し気味だったのだ。

今まで雪梅はあからさまに機嫌の悪いところを見せたことがなかったので、少々驚いてはいたのだが、そこにきていきなり約束を違えられて、花琳はよけいに気鬱になってしまった。

「それで先ほどから溜息をつかれていらしたのですか」

「そういうこと。理由もおっしゃらずに断るなんてこと、今まで雪梅様はされたことがなかったから……」

「考えすぎですよ。花琳様だって、昨日はいきなり腹痛で寝込まれたでしょうに」

「あれは……！」

雪梅の場合、違うような気がする、と思ったが、白慧の言うとおり考えすぎなのかもしれない。例えば花琳と同じように食べすぎで腹痛、なら確かに理由は恥ずかしくて言えない。

「まあ、またお誘いがありますよ。様子を見て、こちらからお誘いしてもよろしいでしょう。そういうことは案外些細な理由であることが多いものです」

「だといいけれど」

「そうですよ。いつまでも溜息をついていても仕方ありません。気分転換なさってはいかがですか。……ああ、明日は商人がやってくる日でしたね。花琳様のお好きなものをお買いになってよろしいですよ」

どうやら白慧なりに花琳を慰めているらしい。相変わらず口調はひねくれているが、花琳を気遣ってくれているのがよくわかる。

「ありがとう、白慧。そうね、くよくよしていてもはじまらないわね。明日はパーッとなにか買っちゃおうかな」

「お好きなものを買ってもよろしいとは申しましたが、無駄遣いをしていいとは一言も申しておりませんよ」

「えー、なにそれ。白慧のけちんぼ！」

花琳は文句を言ったが、白慧はどこ吹く風だ。

「けちでもなんでも結構ですよ。放っておけばいくらでも散財なさいますからね。財布の紐はしっかり締めておかねば。先日も本をお買いになったばかりでしょう」

それを言われると、花琳も弱い。続き物の物語を五冊まとめて買ったばかりだ。それも必死に拝み倒して。

「……わかったわよ。無駄遣いはしません」

そう言ったところで、花琳ははたと思い出したことがあった。雪梅に借りた本をまだ返していなかったのである。

雪梅に返すにも、本当に花琳が避けられているのだとすれば、返しに行くのも気が重い。

「……とりあえず、もう一度読んでから考えましょう」

借りた雪梅の本を手にし、それをぱらりと開いた。

次の日、玉春《ぎょくしゅん》が提案し、御花園にて商人が店開きをすることになった。なんでも街での買い物を体験したいとかで、市のように仮設の商店を設えることになったのである。

普段から娯楽に飢えている後宮としては、こういう目先の変わったことが好まれる。花琳もワクワクしながら、ずらりと並べられた商品に目を輝かせた。

「花琳様」

静麗《せいれい》が花琳に声をかける。

「目が腫れているようですが、いかがなさったの？」

指摘されて花琳は苦笑いを浮かべる。いつものとおり、この目の腫れは本を読んで号泣していたがためのものである。花琳の周りにいる人間なら「ああ、またか」と思うだけだが、事情を知らない静麗は心配そうな顔をしている。

それにしても雪梅から借りた『水神恋』と『鬼舞刑』はいい本だった……と、花琳は思い出して、また涙が込み上げてきそうになる。一度目に読んだときには、これほど感情移入をしなかったのだが、読み込めば読み込むほど、感動が増してくる。

(雪梅様が気に入っていらっしゃるというのがよくわかるわ……兄妹ゆえに結ばれてはいけないと思いつつ、それでも惹かれ合ってしまう……互いに互いしかいないと……きっと魂で結びついているのよね……ああ……禁忌ゆえの恋…… いけないと気持ちを抑えれば抑えるほど、心の中の炎は大きくなってしまうの……)

はあ、とまたもや物語に思いを馳《は》せ、物語の余韻に浸る。

(それから、そうよ。もう一冊のほうも、好いて好いてどうしようもない方が悪人で、それが悪いことと知らずに手を貸してしまう……頭ではわかっていても心がついていかない……そんな切ない恋……。女心を上手く利用して、それが幸せと思い込ませるなんて、ひどい男なのに……でも、その黒い光が魅力的に映ってしまうこともあるんだわ……最後は悲劇だったけど、彼女にとってはきっとあれが一番の幸せだったのよね……)

どちらも単純にいいとは言えない作品ではあり、一筋縄ではいかないような物語ではあったが、花琳の心には深く刻まれた。

「花琳様?」

声をかけられて、またもや自分の意識が他に飛んでいたことに気づき、慌てて返事をする。慌てすぎて声が裏返ってしまい、穴があったら入りたくなっていた。

「あっ、あの、すみません。……ゆうべ眠れなくて、ようやく眠れたと思ったら悪夢を見てしまったもので……」

自分でも無理のある言い訳だわ、と思ったが、静麗は「まあ、それは」と同情的な目を花琳に向けた。

「悪夢をご覧になるなんて……。それはお可哀想に。わたくし、よい祈禱師《きとうし》を存じ上げているの。もしよろしければ祈禱なさってはいかが？」

祈禱、と聞いて、花琳はかつての縁談を思い出した。

花琳が輿入れする予定だった喬《きょう》の国では、輿入れ前にひと月の祈禱をするのだった、と内心で溜息をつく。結局、王太子は亡くなってしまい、信仰心に篤くとも病や陰謀を遠ざけられるわけではないと思い知らされた。厄災は人ならざるもののせいではなく、まさしく人が巻き起こしたことだったし、あの事件は豊富な知識と明晰《めいせき》な頭脳の持ち主だった煌月が解決したことだ。だから、祈禱など意味はないと花琳は思っている。

とはいえ、それをはっきりと静麗に言うつもりはない。わざわざ彼女の気持ちを逆撫でしてもいいことなんてひとつもないからだ。

「ありがとうございます。お気持ちだけありがたく受け取っておきます。実はうちの白慧もよい祈禱師ですの。今日は白慧に祈禱してもらいますので大丈夫です」

にっこりと笑顔を見せながら、しれっと花琳はでまかせを言う。角を立てずに断るのはこの方法しかない。後で白慧に「また花琳様ときたら」と呆れられるだろうし、ちょっぴりは叱られるかもしれないが、それでもよけいな波風を立てるよりはましだ。

「まあ、そうでしたの！　それはご安心ね。——ところで、今日は雪梅様のお姿をお見かけしていないようですが……」

そう言いながら、静麗はあたりを見回した。花琳も同じほうへ視線をやる。

「あら、今いらっしゃったみたい」

静麗が言うとおり、彼女の視線の先に雪梅の姿が見えた。花琳は本の返却のことや、また先日訪問を断られた理由を聞きたくて、雪梅のほうへ足を向けた。

「雪梅様……！」

名を呼びながら早足で駆けていく。だが、少し走り寄ったところで足を止めた。というのも、雪梅の様子がおかしかったからだ。

足元がふらつき、視線も定まっていないようである。よろよろと雪梅の身体が傾き、今にも転びそうだ。おかしい、と花琳は止めた足を再び動かす。

「雪梅様、大丈夫で——」

そのとき、花琳が最後まで言い終わらないうちに、雪梅がその場に倒れてしまった。

「雪梅様！」

花琳が呼ぶのと同時にあたりから悲鳴が上がる。花琳の側にやってきた秋菊《しゅうぎく》も驚いて声も出せないようだった。

急いで雪梅の元に駆けつける。雪梅の顔色は非常に悪く、意識をすっかり失っていた。脈を取ると、そちらはしっかりしている。

「誰か！　雪梅様を！」

花琳は人を呼ぶ。そこいらにいた侍女や宦官が花琳の号令で雪梅を芙蓉宮へ運んでいった。花琳も心配になり、付き添っていく。

（こんなとき、煌月様がいらっしゃったら……）

煌月に出会ったとき、彼は妓楼で苦しんでいる妓女をあっという間に治療していた。しかし、ここに煌月はいない。すぐそこにいるのに、ともどかしい気持ちを抱いた。

「お医者様は⁉」

芙蓉宮は大混乱に陥っていた。どうやら医者を呼びに行ったものの、まだ当の医者は到着していないようである。混乱している最中《さなか》に自分が口を出しても仕方ないと花琳は秋菊とともに雪梅の房から離れたところにいた。

ただ、先ほど雪梅が倒れた際、脈をみたがそれはしっかりしており、息もあった。こうなったら、白慧から虞淵《ぐえん》に頼んでもらい、煌月を呼んだほうがいいのでは、と花琳は白慧に相談に行くことにする。李花宮に一度戻る前に、雪梅の様子をもう一度見てから、と彼女の房を覗《のぞ》いた。

てっきり侍女がつきっきりかと思っていたが、房の中には誰もいない。侍女どころか、雪梅自身の姿もそこから消えていた。

「雪梅様が消えたわ!」

花琳は思わず叫び声を上げた。


消えた雪梅を捜すために、花琳も後宮内を歩き回っていた。いくら広いとはいえ、妃嬪はここから出られない。だとすればいつかは見つかるはずだと思いながら。

白慧を呼びに秋菊をやり、花琳は御花園を丹念に歩く。それでも雪梅の姿は一向に見つからない。あれほどふらふらとして足元がおぼつかなかったのだ。そう遠くへは行けないはずだと思っていたのに。

(どこに行ってしまわれたのかしら……)

池などの水辺も多いこの御花園である。もし足を滑らせて池に落ちてしまっていたらと思うと気が気ではない。

(そうだ、睡蓮池……)

ふと思い立ち、花琳は睡蓮池に向かう。あそこなら、いつも花琳が煌月と会っていた四阿がある。もし疲れてしまったなら、そこで休んでいるかもしれない。

(ご無事でいらっしゃるといいのだけど)

ようやく睡蓮池までやってきて、いつもの四阿が見えてくる。その四阿に花琳は人影を見た。じっと目を凝らして見ると、雪梅らしき女性の後ろ姿が確かめられた。

よかった、無事だ、と花琳はホッと胸を撫で下ろす。

「雪――」

四阿へ足を進め、雪梅様、と声をかけようとしたそのときだ。

雪梅とおぼしき女性を抱きしめている男の姿があり、その男の顔が――煌月その人の顔だった。

「え………」

一瞬、自分の見ているのがなんなのか、花琳にはまったく理解できないでいた。瞬きすらできず、ぼんやりと目の前の光景をただ眺めているだけだ。

(どうして煌月様が……?)

なぜ煌月が雪梅とこんなところで逢い引きしているのか。雪梅は具合が悪いのを押して、煌月に会いに来たのか。なぜ、なぜ、と花琳の頭の中にはそれだけでいっぱいになり、どうしていいのかわからなくなる。

そして――ひどく自分の胸が痛んでいることに気づいた。痛くて苦しくてたまらない。

雪梅を捜しにきたはずなのに、そして雪梅を見つけたというのに、声もかけられず、気がつけば花琳は踵《きびす》を返し、その場から走り去ってしまっていた。

（嘘《うそ》、嘘、どうして）

なぜ二人が。

——私の側にいるのが花琳様だったらいいなと思うのですよ。

煌月は花琳にそんなことを言っておきながら、抱きしめていたのは雪梅だった。あの言葉は嘘だったのか。雪梅と煌月は二人で花琳を欺していたのか。

胸の痛みは相変わらず取れないまま、花琳は李花宮へ戻ってきてしまった。

「花琳様？　雪梅様はいかがなさいました？　見つかりましたか？」

花琳の姿を見た秋菊が声をかけるが、返事をしないまま房へ飛び込むように入ると、寝台に伏せた。

（雪梅様は大好き……そして煌月様も好き……大好きなお二人が好き合っているなら、うれしいはずなのに、どうしてこんなに悲しいの……？）

好きな二人のことをなぜ喜ぶことができないのか、自分でも不思議でならなかった。代わりに胸の中はぽっかりと穴が開いたように寂しくて、そしてひどく痛い。

（私は……）

頭の中に浮かんでくるのは、これまで見てきた煌月の色々な表情だった。

（煌月様……）

花琳に特別ですよ、と言って渡してくれる菓子の甘さも、ちょっと企んでいるときの狡《ずる》い顔も、今までは花琳だけが知っていると思っていた。あの顔を雪梅も知っているのだ。

（そうか……そうだったのね……）

自分のような子どもよりも、落ち着いて穏やかな雪梅のほうがきっと煌月にはお似合いだ。ここが後宮である以上、誰が煌月に選ばれてもおかしくない。それはわかっていて、花琳はここにやってきた。けれど……苦しい。

これまで、自分の中に煌月に対する恋心などないはずだと思っていた。憧れの人として、あの美しい顔を愛でられればそれでよかったはずなのに、二人が抱き合っていたことがこんなにも悲しい。

そしてそんなふうに思う自分に花琳はひどく困惑していた。

煌月と雪梅の逢瀬を見てしまったために、あまり煌月に会いたくないな、と花琳は思っていたが、約束をしてしまっている。

騒動の次の日、花琳は寝台の上で溜息をつきながら臥せっていた。今夜煌月に会うことになっているが、まったく気が進まない。どうしようかと、悩んでいた。

「花琳様、お身体の具合でもお悪いのですか」

秋菊が心配そうに訊ねてくる。珍しく、ろくに食事もとらずにほぼ一日寝台の上にいるのだから、それも無理はない。無論、身体の調子は悪いわけではないが、気持ちが滅入《めい》ってしまって、食欲も湧かないのである。

大丈夫よ、と返事をしかけて花琳は、はたと思った。

（……急病、ということにして、すっぽかすって手もあるわよね……でも……）

仮病を使って約束を反故《ほご》にする、というのは非常に心が痛む。嘘にはついていい嘘とそうではない嘘がある。その嘘がなにかを救うのならいいかもしれないが、今回の場合は単に自分の我が儘だ。

煌月は悪くないのに、嘘をついて約束を破るというのが、自分では許せなかった。けれど、今は煌月の顔を見たくない。

ふと横を見ると、雪梅から借りた本がまだそこにある。結局昨日返すことは叶わなかったが、果たしていつ返すことができるのか。今の花琳には、雪梅とまともに顔を合わす勇気もない。煌月と雪梅、どちらかのことを思い浮かべれば、昨日の二人の姿を思い出してしまう。そして思い出せば、胸がぎゅうっと締めつけられるように痛くなる。

（煌月様……）

　これまであの美しい人の姿を一目見るだけでも、といつも思っていたくらいなのに……会いたくないと思うようになるとは思いもしなかった。

「お医者様をお呼びいたしましょうか」

　返事をしない花琳に、秋菊はおろおろとしている。医者を呼ばれても悪いところはまったくないのだから、意味はない。

「……大丈夫。お願い、一人にしておいて」

「でも……」

「ありがとう、秋菊。身体の具合が悪いわけじゃないの。昨日少し疲れただけだから。寝ていればすぐよくなるわ」

　昨日の雪梅の失踪騒動を秋菊も当然知っている。花琳が駆けずり回ったこともわかっているので、その言い訳に納得したらしい。当の雪梅はあれから間もなく姿を現したようだ。ただ、花琳は今朝になって雪梅の侍女が詫びに来た際、それを知ったのだが。

「そうですね。昨日は本当に大変でしたから。ではゆっくりお休みなさいませ。なにかあったらいつでも秋菊をお呼びくださいませ。――すぐに摘まめるおやつを置いておきますから、少しでも召し上がれるなら召し上がってくださいませ」

「ありがとう。そうするわ」

「秋菊は、元気に笑っていらっしゃる花琳様が大好きなのです。早くお元気になってくださいませね」

秋菊は卓子の上に、茹《ゆ》でた栗や炒った松の実を置いて房から立ち去った。

房から出ていく秋菊の姿を見ながら、花琳は彼女に聞こえないくらいの小さな声で「ごめんなさい」と謝った。

秋菊が去った後、花琳は起き上がり、彼女が用意してくれたおやつの松の実を一粒口にした。噛むと口の中に香ばしい香りと、ほの甘さが広がる。

煌月と出会ってから、花琳もほんの少しだけ薬のことを勉強した。薬や医術に関する本は難しいものが多くて、読んでいると眠くなるものもあるが、自分たちが食べるものにもそれぞれ薬効があるということを、本を読んではじめて知った。

花琳が口にした松の実は滋養強壮の効果がある。身体を温め、緊張を緩めて、食欲を増進させる。今の花琳にはぴったりだ。秋菊がその効果を知っていたかどうかはわからないが、彼女の心遣いが花琳にはとてもうれしかった。

「……そうね。煌月様に、今日お会いして、もうこうやってお会いしないときちんと言ってくることにするわ」

煌月のことは好き。そしてその気持ちが恋だったと、ようやく理解できた。けれど、煌月は雪梅とすでに恋仲になっている。自分は彼の妃嬪であるし、彼も他の妃嬪らと同じように少しは好きでいてくれるかもしれないが、花琳はやっぱり好き合うなら、自分だけを愛してくれる人がいい。

花琳は今まで読んできたたくさんの物語を思い出す。どの話も、恋人たちは一途に愛を貫いていた。あんなふうに自分のことだけを見てくれて、自分だけを愛してくれる人がいい。それが現実的ではないのはよくわかっているけれど、それが花琳の願いだ。

今夜煌月に会うのは、また月が上ってから。

「夜になんかならなければいいのに」

まだ明るい空を見ながら花琳はそう呟いた。

第七章 煌月、恋の病なる不治の病に罹る

風がすっかり冷たくなってきた、と睡蓮池のほとりに佇《たたず》みながら、煌月《こうげつ》は花琳《ふありん》を待っていた。

もうすぐ冬がやってくる。この笙《しょう》では雪は少なく、真冬でも山間にしか降ることはない。比較的温暖なこの国でも、やはり冬は寒いものである。花琳のいた冰《ひょう》はここよりももっと温暖な気候だから、果たして笙の冬をどう感じるのか、と少々気になってしまう。

「笙が嫌にならないといいですけれどね」

そう呟いて、煌月は自分が花琳に好かれていたいのだ、ということにはじめて気づく。あの明るく可愛らしい公主様はいつでも笑顔でいてもらいたい。彼女はのびのびと楽しんで毎日を過ごしていて、そんな様子を見ると、自分ももっと好きなようにしていいのだと思えてくるのだ。彼女の生き方に、煌月は勇気と元気をもらっている。十年前に笙という国を背負わされてから、自分にはそういう生き方はできないと思い込んでいた。

「……私にもまだ欲しいものが残っていたようですね」

温かな笑顔が、もっと自分らしくいていいと背中を押してくれる。

そう思えるのは、花琳との出会いがあってこそだ。

「それにしても……今夜は少し遅いようですが……」

いつも花琳はもう少しだけ早い時間にやってくる。が、今夜に限ってはまだ姿を見せない。もしかしたら身体の不調でも訴えているのだろうか。

それに白慧《びゃくけい》をこちらの都合で再び虞淵《ぐえん》とともに偵察に向かわせている。白慧が彼女の側にいるなら不安にも思わないが、あの優秀な宦官をこちらの都合で留守にさせている。花琳にとっては肉親同然の白慧を長いこと借り受けていることに煌月は心を痛めていた。

さてどうしたものか、と考えていると、少し離れたところにぼんやりと立っている人影を見つけた。じきに新月を迎えるため、月明かりは実にわずかだ。そのため、暗闇に覆われてよく見えないが、おそらくあれは花琳だろう。

「花琳様？」

煌月が近づき、持っていた灯りで照らすと、それはやはり花琳だったが、いつものような弾《はじ》ける笑顔は消えていて、代わりにどこか怒ったような、悲しげな顔をしていた。

「なにかあったのですか。そんなお顔をなさって。さ、今日のおやつは甘柿ですよ。とびきり甘い柿が手に入りましたから。花琳様お好きでしょう？」

声をかけたが、花琳は返事をしない。様子がおかしくて、煌月は不安になる。彼女にさらに近づいて手を伸ばすと、すぐにその手を払われた。

「え……」

どうやら花琳は煌月に対し、気分を害しているらしい。やはり白慧をいつまでも帰さないことに対して不満を覚えているのだろうか。

「花琳様、なにを怒っていらっしゃるのですか。もしかして、白慧殿の留守が長引いているからでしょうか」

すると、花琳はキッと煌月を睨みつけるように見た。

「とぼけないでください」

花琳にそう言われ、煌月は困惑した。とぼけるな、と言われたが、話がよく見えない。いったい花琳はなにを言っているのか。

「とぼけるな……とは、どういうことでしょうか。私がなにかしましたか？　私が知らないうちに花琳様を傷つけるようなことをしていたのなら、謝ります」

宴のときや、その他自分でも気づかないうちに——自覚なしに彼女を傷つけていたのだろうか。そう思いながら、煌月は花琳に訊ねた。すると花琳は唇をキュッと引き結ぶ。その顔は今まで煌月が見たことがないものだった。

「昨日……雪梅《せつばい》様と抱き合っていたでしょう？　私、見てしまったの。お二人が恋仲だって……それならそうっておっしゃっていただけていたら、私煌月様とこうしてお会いしなかったのに」

花琳は震える声でそう言った。が、当の煌月はなにを言っているのか、即座には理解できない。

(雪梅……というのは芙蓉宮の方。その方と私が……?)

どういうことなのか。昨日は一日仕事に追われ、煌月はこの御花園を訪れてはいないが、花琳は自分と雪梅が抱き合っていたという。

「なにか誤解をなさっているようですよ、花琳様。私は昨日はこちらには参っておりませんし、雪梅様にもお目にかかっていません」

「嘘! 私ちゃあんとこの目で見たもの!」

花琳は大きな目を、さらに大きく見開いていた。

「煌月様がこの四阿で雪梅様と抱き合っていらしたの。お二人は私のことなんか目にも入らなかったでしょうけれど」

「この四阿で?」

「ええ、そうよ。雪梅様が房からいなくなられて、私が追いかけていったら、この四阿でお二人が逢い引きしていらして……それで……」

再び花琳は唇を引き結び、それ以上話すことはなかった。

話を聞いた煌月は混乱する。

花琳が煌月の姿を見間違えるわけがない。しかし、本当に自分は昨日、ここには来ていないのだ。来ていない上、雪梅と抱き合うなどというのはあり得ないことである。だとしたら、花琳が見た自分はいったい誰だというのだろう。

「誤解です。花琳様」

煌月は誤解だと言うしかなく、それ以上花琳になにも話すことができなかった。なにかを言えば言うほど、花琳は自分が言い訳をしていると思うに違いなく、かといって、花琳が見たものを否定できるほどの材料を煌月は持ち合わせてはいない。彼女の誤解をどうやって解いたらいいのかも、混乱している頭では考えつくことはできなかった。

「もういいわ。……だから、今日は私、煌月様にここではもうお会いしません、ってそれを言いに来たの」

そう言って、花琳は踵を返し、煌月の元から去っていってしまった。

煌月はその背を見つめながら、追いかけることもできないでいる。花琳が「もうお会いしません」と言ったときの悲しげな声を聞いて、煌月はひどく打ちのめされていた。

——なにがあったというのか。

それを考える余地は、煌月の頭にはまったく残されていない。あまりの出来事に、ただ茫然と立ち尽くすだけだ。

そうして花琳に食べてもらおうと持ってきていた甘柿は、いつの間にか手からこぼれ落ちていた。

花琳と最後に会った日から、二日が経っていた。

日課にしている生薬保管のための百味箪笥《たんす》の手入れすらやる気も出ず、煌月はぼんやりと外を眺めていた。

——煌月様にここではもうお会いしません。

花琳の言ったその言葉が繰り返し頭の中に残っている。ここでは、と言ったのは、公的な場にはいるが、個人的にはもう会いたくない、ということなのだろう。そしてその事実は、煌月をひどく打ちのめしていた。

また、打ちのめされていることに対しても、困惑し狼狽えている。これまで一人の人間に対し、これほど心を揺らすことはなかった。たかが会わない、と言われたそれだけのことなのに、なぜ自分はこれほど絶望を感じているのか。

「ああ……そうか」

煌月は眉を寄せ、溜息を落とす。

——煌月様！

いつもはち切れんばかりの笑顔で、煌月に話しかけてくる。特に大好きな本の話をするときには、大きな丸い目を輝かせて、心から楽しそうにしている。その話を聞くのが煌月は好きで、そしてその時間は大切な——わざわざ時間を作り、毎回花琳が喜ぶような、彼女の好物を持っていくほど——それは煌月にとってなにものにも代えがたい大事な時間だったのだ。

あの笑顔が見られないのと、可愛らしい鈴の音のような声を聞くことができないのは、素直に寂しい。そして、なにか大切なものを失ってしまったように、悲しくてならなかった。

「……それにしても……私が御花園にいたというのは……」

一度頭を整理しよう、と煌月は顔を上げる。

確かに花琳からああ言われたことは、かなり煌月を打ちのめしたが、話の内容には疑問が残っていた。ひとつには、煌月が三日前御花園にいたということ。ふたつ目には、雪梅と抱き合っていたということである。ただ会っていた、というわけではないらしい。

「私の偽物がいるということか」

市中に煌月の偽物がいて、その男が市中も後宮も含めた痩せ薬騒動に関わっているらしいため、虞淵も白慧も再びその真偽について調べている最中である。

「まさか……」

一瞬、その騒動の渦中にいる偽物と、花琳の言っていた人物が同一人物か、と考えたが、そうそう偽物が現れるわけもなし、考えすぎだ、と煌月は頭を振った。

それにしても花琳の言うことが本当ならば、後宮に自分以外の男性が入り込んでいるということだ。その男はいったいどうやって侵入したのか。

「商人が市のようなものを開いていたというし、それに紛れていたのか……？」

しかし、煌月にとっては後宮に男が入り込んだことよりも、花琳に誤解をされたことのほうが深刻な問題であった。早く誤解を解かねば、そう思ったときだ。

「煌月様、虞淵様がおいでです」

虞淵が調査を終えてきたらしい。ひとまず虞淵の報告を聞いて、気を紛らわせよう、と煌月は「通せ」と命じた。

「戻ったか」

やってきた虞淵の顔を見て、煌月はそう声をかけた。だが、虞淵の返事は煌月の思っていたものとは違っていた。

「いや、また戻らねばならん。実は人手とおまえの知恵が欲しくてやってきた」

「どういうことだ？」

明らかに虞淵の顔には疲労が滲《にじ》んでいた。が、また戻るというのは、虞淵でも一筋縄ではいかない出来事があったのか。

「それより、ちょっと休ませてくれ。さすがにクタクタだ」

ふう、と大きな息をついて、虞淵は椅子にどっかりと腰かけた。その様子から、かなり疲れているのだろうと思えた。煌月は立ち上がると、百味箪笥へ向かい、その中からいくつかの生薬を匙《さじ》で量り取ると、銅製の薬缶《やかん》の中に入れた。水差しの水を薬缶に入れ、それを火鉢にかける。

「疲れを取る薬を煎《せん》じてやる。そのくらいの時間はあるだろう？」

煎じるには半刻ほどかかる。特に急いでいないようなら、これを飲んで出かけたほうがいい、と煌月は言った。

「ああ、急いでいることは急いでいるが、とりあえず人はなんとかしたから、あとはおまえと話すだけだ。——って、俺も確かに疲れてはいるが……」

言いながら、虞淵はじろじろと煌月の顔を見る。

「私の顔になにかついているのか？」

「いや？　なんにもついてないさ。それより、おまえも冴えない顔してるじゃないか。一緒に薬を飲んだほうがいいんじゃないか」

クスクスと虞淵に笑われ、煌月は苦笑した。

「俺が留守をしている間に、なにかあったのか。しょぼくれたおまえを見るのも貴重だが、しょぼくれたままじゃあ、俺の相談にも乗れないだろうが」

言ってみろ、と促され、煌月は虞淵に花琳とのことを包み隠さずすべて話した。ときどき会っていたが、いきなりもう会わないと言われたことや、花琳が目にしたものについて。

するとと虞淵はニヤニヤと笑う。

「――へえ、なにが原因かと思ったら、あのお転婆の公主さんに振られてしょげ返ってるってわけか」

「そ、そういうわけでは……」

慌てて反論しようとしたが、「そういうわけだろ」と虞淵が煌月の言葉を制した。

「まったく、不器用なことで。まあ、俺も人のことは言えないが、煌月、おまえはあの子のことが好きなんだろうが。だから会わないって言われて、顔色を悪くするくらい、落ち込んでいるんだろう？」

指摘されて、煌月はハッとする。そうして、ようやく腑に落ちた、と自分の心を認めた。

「そうか。やっぱりなあ。まあ、いいんじゃねえのか。あの子はいい子だ。それにおまえのその薬好きもよく知っていて、嫌がるでもなし、逆に面白がってくれるだろう？　それにおまえがそこまで入れ込む人間なんて、俺たちはともかく他にいないだろうが。もうおまえの正妃には花琳様しかいないんだと思うぞ。こうなったら、さっさと正妃にしちまえ」

「勝手なことを言うな。それに言っただろう？　私はもう会わないと言われてしまっているのだから」

　すると虞淵は再びニヤニヤと笑った。

「なにがおかしい」

「いや、悪い。その……花琳様がおまえと雪梅様が抱き合っているのを見た、ということについてだな、もしかしたら誤解を解くことができるかもしれない。俺の相談というのも、おそらくだが、そいつに関わってくることだ」

　虞淵の言葉に煌月は目を見開いた。

「私の偽物、という男についてか」

「ああ、そうだ。ちょっと話が長くなるが……まずはこれを見てくれ」

　虞淵はそう言いながら、一輪の花を煌月に差し出した。

「これは…………⁉」

　しおれてはいるが、とても鮮やかな黒い色の花である。それを見て煌月は息を呑んだ。

「虞淵、これはどこで」

「安化門の近くだ」

「…………え？　今なんと」

　虞淵の返事に煌月は訝しそうに聞き返す。

「言っただろう。安化門の色街のど真ん中にある潰《つぶ》れた妓楼の中で栽培されている」

「街中ということか……？」

煌月の問いに虞淵は首を縦に振る。

「おまえさんがそういう反応を見せるってことは、その花はヤバいやつってことだな？」

虞淵は黒い花を指さして、煌月に聞いた。今度は煌月が首を縦に振る番だった。

「ああ。……おそらくこれは……幻の黒い芥子。私も現物を見るのははじめてだが、間違いないだろう」

「幻？」

「そうだ。普通、芥子には黒い花はない。だから黒い芥子の存在自体が疑問視されていたのだ。ただ、風の噂でなんでも北の地方の山、はっきり言ってしまえば繹《えき》にある雲希《うんき》連山でしか見つかっていない、とは言われていたのだが……実際見た者はほぼいない。だから幻というわけだ」

繹、という名前を聞いて虞淵の顔が曇る。そして忌々しそうに「また繹か」と吐き捨てるように呟いた。

「嫌な名前だ」

煌月もあまり口にしたくない、と言うように首を横に振った。

繹はけっして土壌が豊かではない。元は貧しく、侵略で大きくなってきた、筌とはまったく違う背景を持つ国であった。そして現在、筌国はその繹の属国となってしまっている。それだけでなく、煌月が命を狙われていたのも、繹の思惑と取れるような疑わしさがある。

(湖華妃を操っていた紫蘭も繹の手の者でしたしね……)

どうやら、繹は心底煌月を疎んでいるらしい。

「――しかし、その芥子がなんでまたあんなところで栽培されてるのか……」

虞淵は首をひねった。その疑問に煌月は推論を口にする。

「この黒い芥子だが、幻と言われる理由がもうひとつある」

「ほう。そのもうひとつの理由というのは？」

「阿片だ。実はこいつから採れる阿片は、ただの阿片ではないらしい。……なにしろ非常にキレがよくて、ほんの少しの量で、多幸感を覚えるらしい。また阿片を離脱するときの気分の落ち込みもなくて、一度使ったら虜になってしまう……だがごくわずかな量で効くということは同時にあっという間に中毒になるということでもある。黒い芥子の阿片の味を覚えた者はそれなしでは生きていけない。なにせ代わりがないのだからな」

虞淵は息を呑んだ。ただでさえ、芥子――阿片は煌月のような知識があるか、熟練した医師でなければ薬としてはまともに使うことができない。ひとつ間違えば、阿片中毒者を出しかねないのである。普通の阿片でさえそうなのだから、もっと切れ味のいい阿片ならば、危険もその比ではないはずだ。

ひとつ息を入れると、煌月は話を続けた。

「……あまりに恐ろしい芥子だが、それを求めて探し回る者が後を絶たなかったというのだ。しかし生息地がわからずじまいで、探しに行った者の多くは山で命を落とし、だからその真偽については定かではなかったのだが」

「それで幻、か」

「そうだ。……それがこの哥の街にあるとなると……」

煌月の顔がにわかに厳しいものになった。

阿片という薬は、人間だけでなく、国まで滅ぼすほどの忌み薬である。使い方によっては重宝するが、けっしてそれだけではない。だからこそ煌月は笙での芥子栽培を禁止している。薬として使用する分は、極秘裏に栽培させているが、それを知る者はごく限られていた。

「――元々、芥子には、品種によっては非常に厳しい環境でも育つものがある。特にこの黒い芥子はそうなのだろう。だとすれば冬でも笙のこの気候ならば、容易に育てられるのかもしれぬな。――それに、繹は阿片で成り上がった国だ」

含みのある言葉に虞淵は頷く。またもや繹の手の者が界隈《かいわい》を騒がせている可能性があると、二人は察したらしい。

話し終えた煌月に虞淵が「こいつを育てているのは、おまえさんの偽物野郎だ」と怒りを露《あら》わにしながら言った。

驚く煌月に虞淵が白慧と見たものをすべて話す。

煌月の偽物である志強《しきょう》は、表向きには孤児を引き取って書肆で働かせているという慈善家であるが、その実、孤児を監禁して芥子栽培をさせていること。

「そんなひどい芥子をあの妓楼で子どもたちに栽培させているとは……」

くそ、と虞淵は悪態をついた。

「それでな、そいつはまあ、顔がいい。っていうか――」

そう口にしながら、虞淵は煌月の顔をじろじろと見た。

「なんだ、私の顔になにかついているのか」

「いや、そうじゃない。……まあ、俺も驚いたんだが、その志強ってのが、なんとおまえさんによく似てるのさ。まあ、よく見ると違うってのはわかるんだが、パッと見、俺も白慧殿も煌月、おまえじゃないか、と思ったくらいだ。俺が顔がいい、って言ったのがわかるだろう?」

にやりと虞淵は煌月を見て笑った。

第八章　花琳、煌月の言葉に頬を染める

ずっとふさぎ込んでいる花琳《ふありん》の元に、雪梅《せつばい》からお茶の誘いがあった。

「花琳様、伺って気分転換していらっしゃいませ」

心配していた秋菊《しゅうぎく》にそう言われたが、気が進まない。

自ら、煌月《こうげつ》に「もう会わない」と言ったが、やはり本当に会わないとなると、寂しい気持ちが先に立つ。心の中を冷たい風が通り抜けていくような気分だった。

雪梅の茶会など、行けば雪梅の顔を見て辛い気持ちになるのが目に見えている。だが、行かなければ行かないで、彼女に不思議に思われることだろう。

（こんなことでうじうじ悩んでいるのが、おかしいってわかっているんだけど……）

もしかしたら、あれから煌月は雪梅のところに渡ったのかもしれない。二人で仲睦《なかむつ》まじくしているところをふと想像して、また盛大に落ち込んだ。

しばらくそうしていたが、花琳は「行くわ！」と声を上げて立ち上がる。

こうなったら、とことんまで落ち込むしかない、と決心したのである。雪梅の幸せ話を

聞いて、本当に煌月と彼女の幸せを祝って、それからでも落ち込むのは遅くないと思ったのだ。どうせ細切れに落ち込むのなら、とことんまで傷ついて、どん底まで目一杯落ち込んだほうがいいと考えた。

花琳のそんな気持ちなどまったく知らない秋菊は、しばらくぶりに聞いた花琳の元気な声に笑顔になる。

「そうですよ。それがよろしゅうございます。そうと決まれば……さあさあ、お召し物を替えましょう。衣裳を替えるだけでも、明るくなりますし」

こうして気遣ってくれる秋菊に花琳は心から感謝した。秋菊はうきうきと、花琳の支度を調えていく。きっとこれまで花琳が暗く沈んでいたから、彼女も扱いに困ったことだろう。

ごめんね、と花琳は小さな声でそっと謝った。

(それに……やっとこのご本を返せるわ)

心残りだった二冊の本を、ようやく雪梅に返すことができる。この本を返すためだけに行く、と考えたほうが気楽かもしれない。

雪梅とも、今日のお茶会を機に、少し遠ざかってもいいだろう。雪梅だって、煌月がいるなら花琳の相手をしている暇はなくなるはずだ。

二冊の本を手にして、花琳は立ち上がった。——が、そのときに、本に挟まれてあった黒い花を落としたことには気づくことがなかった。

「先日はごめんなさいね。花琳様にご迷惑をおかけしたみたいで……」

雪梅は開口一番花琳に謝った。先日彼女が倒れた際、花琳が付き添って送り届けたことを言っているのだろう。

「お気になさらないでください。それよりお元気になられてよかったわ」

精一杯の笑顔を作って花琳はそう答えた。

あの後、ここから姿を消してどこへ行っていたのとか、誰と会っていたのとか、煌月様とはいつから恋仲だったのとか、聞きたいことは山ほどあったが、聞けば聞くだけ自分が惨めになりそうで、口にするのをやめた。

「それから、お借りしていたご本、ありがとうございました。とても面白く読ませていただいたの。二冊とも悲恋のお話だったけど、雪梅様はこういうのがお好きでいらっしゃるのね」

「ええ。だって、幸せに終わる物語なんて、実際にはあり得ないでしょう? こういうお話のほうが、恋に夢を見なくて済むから……」

雪梅は、目を伏せながらそう答えた。その口元はきつく引き結ばれている。と、思うと雪梅はパッと明るく笑顔を作った。今、垣間見《かいまみ》た少し苦しげな表情はいったいなんだったのだろう、と花琳は思ったがこれ以上雪梅の顔を見ているのも辛くて聞くのをやめた。

「それより、ねえ、とてもいいお茶を手に入れたの。花琳様にぜひ召し上がっていただきたくて、今日はお呼びしたのよ」

待っていらして、と言い置いて、雪梅は席を離れた。

侍女に淹《い》れさせるのではなく、自ら淹れてくれるらしい。

戻ってくると、花琳の目の前に茶の器が置かれた。そして別に置かれた小さな皿の上には、なにかの木の実がいくつかのっている。

「どうぞ召し上がって。秋菊さんから、花琳様が最近よくお休みになられていないって伺ったの。きっとこのお茶がいいはずよ。気分が楽になるわ」

どうやら秋菊が花琳が眠れていないということを、雪梅に伝えたらしい。それほど心配してくれたのか、と、花琳は秋菊にすまなく思った。雪梅も自らお茶を用意してくれたことを考えると、同じように心配しているのだろうか。

「ありがとうございます。では……」

頂戴します、と言って、花琳はお茶の器を口元に持っていく。

「…………！」

茶の中に、茶の葉以外の様々な葉や実などが沈んでいる。それを見て、花琳は目を丸く見開いた。

（これって……）

それは蓮の実の芯だった。痩せ薬の中に入っていたもので、煌月から聞いたのは気持ちを落ち着ける……たくさん入っていると、ふわふわとした気持ちになるというものだ。さらに気になるものが――。

（煌月様に教えていただいた……これは芥子殻ではないのかしら……）

不自然に茶器の底に沈んでいる茶褐色の小片。痩せ薬の正体を聞いたときに、煌月にこれが芥子殻、と見せてもらったものと同じではないのか。

「ねえ、花琳様、そのお皿の上の実も召し上がって。ちょっと酸っぱいけど、おいしいのよ。実はね、種の中もいただけるの。このお茶の中に入れてみたのよ」

勧められるままに、花琳は皿の上の実を少し囓った。

（うわ……酸っぱい……）

食べたことのない味だ。だが、この色や形には見覚えがある。

（……酸棗仁……かしら……）

以前、煌月が眠れないときに、この酸棗仁や花萱の根を煎じて飲むと言っていた。酸棗仁を茶の中に入れたということは、きっと花萱も入っている可能性が大きい。蓮の実の芯に酸棗仁、そして花萓や芥子殻が入っているとしたら——眠れ、と花琳に言っているような組み合わせである。

おそらく、彼女は花琳を眠らせたいのだ。

なぜ、と思ったが、ここで雪梅の思惑どおりに眠ってはいけないような気がした。

雪梅が怪しげな薬草茶を花琳に飲ませようとしていることはとても驚いたし、複雑な気持ちでもある。一方的に仲がよかったと思っていただけに、残念にも思ってしまう。だが、みすみす彼女の思惑に乗るつもりはない。

ただ、煌月のことを考えると、悔しい気持ちと怒りのようなものが込み上げてきた。

(煌月様、雪梅様は友人に怪しい薬を盛る方ですよ。そんな方と恋仲になるなんて……ほんと、まったく見る目がないったら!)

内心でそんなことを思いつつ、しかし今は自分のことが優先だ。

(これは飲んではいけない、ってことよね……どうしようかしら……)

雪梅の目を盗んで、この茶を捨ててしまいたい。が、どうしたらいいか。花琳はあたりをきょろきょろと見回した。だが、どこにも捨てる場所がない。唯一、窓から捨てられそうだが、器を持って席を離れるのは不自然だろう。

どうしたものか、と思案に暮れていると、「雪梅様」と侍女の一人が、扉の外から雪梅に声をかけた。すると雪梅は席を立ち、花琳に背を向けて房の外へ出ていってしまう。

（今だわ！）

花琳はそっと席を立つと、器を持って素早く窓へと向かい、茶をすべて捨て去ってしまった。そして席に戻ろうとしたとき、卓子の上にのっていた茶道具の脇に、いくつかの薬包紙が見て取れた。そのひとつは開かれていて、中身は花琳が今捨てた茶だと思われるものが入っている。

（この薬包紙に入っているのがあのお茶なのかも。……煌月様に見てもらおうかしら……）

花琳はまだ雪梅が戻ってこないのを確認すると、そのうちのひとつを手に取って、こっそり懐へ入れる。すぐにそそくさと席に戻り、器を置くと、ちょうど雪梅が房へ戻ってくるところだった。

（よかった……間に合って。……でも、きっとこれって……眠くなって、寝たふりをするほうがいいわよね……。じゃないと、飲まなかったのがわかってしまうもの）

こっそり茶を捨てたことを、雪梅に勘づかれたくなくて、花琳は先手を打つことにした。

「雪梅様、とてもおいしいお茶をありがとうございました。少し風変わりな味でしたけれど、色々なものが入っているようですね」

味に関して聞かれる前に話してしまえば、飲まなかったとは思われないだろう、そう考え、花琳は自分から話しかけた。

「ええ、そうなの。身体にいい薬草を配合してあるのですよ。よかったわ、気に入ってくださって」

「おかげで、なんだか身体が軽くなったみたいで、少しいい気持ち……ふわあ……」

花琳は盛大にあくびをして見せた。もちろん嘘である。

横目でちらりと雪梅を見ると、ほんの少し彼女の唇の端が上がっているのがわかった。

（あのお顔……やっぱりこれで正解なんだわ）

花琳はこのまま、たぬき寝入りをする作戦を続行することに決めた。しかし、わざとらしくなく、寝たふりをするというのは難しい。

花琳があれこれ考え込んでいるのが、雪梅にはぼんやりしているように見えたのだろう。

「花琳様、どうかなさったの」

そう、声をかけられる。これ幸いに花琳はあくびを噛み殺すふりをしながら雪梅に答えた。

「ごめんなさい、雪梅様。……とても気持ちがよくなって……それになんだかとても眠くなってきて……このところあまり眠れなかったせいかしら……」

すると雪梅はにっこりと笑う。

「きっとお疲れになっているのよ。気になさらないで……ゆっくりしていってもよろしいのですよ……」

「ありがとう……ございます……」

花琳は雪梅にそう言うなり、いかにも眠そうにし、そうして目を瞑《つぶ》り、卓子の上に顔を伏せた。

(……大丈夫だったかしら。うまくできたかしら……けれど、私を眠らせて、雪梅様はどうなさるおつもりなの……?)

とにかく、彼女の思惑どおり花琳は眠っていた——ふり、だけではあるが。彼女が花琳をどうするのか、ドキドキとしながらひたすら眠ったふりをする。心臓の音が彼女に聞こえやしないかと、さすがに心配になるほどだったが。

「花琳様……花琳様?」

雪梅が寝入っ(たふりをし)ている花琳に声をかけた。花琳はもちろん返事をしない。

「よく効くお薬だこと。……志強《しきよう》兄様の言ったことは本当だったわ……ああ、志強兄様とまた一緒にいられる日も近いわ……」

うっとりしたような口調で志強兄様、と雪梅は誰かの名前を口にする。兄様、と言ったところを見ると、彼女の兄ということだろうか。でも、と花琳は彼女の出自を思い出す。

(……ん? 確か雪梅様って、大店の一人娘で、兄妹っていらっしゃらなかったはずでは……?)

疑問に思っていると、雪梅が立ち上がったようである。椅子を引く音が聞こえ、足音から房の扉のほうへ向かっていることがわかった。

そうして扉の外にいたのだろうか、誰かに「兄様を呼んで」と小声で命じている。たぶん、普通なら聞き取れないくらいの小さな声であっただろうが、花琳の耳にははっきりと聞こえた。

(兄様を呼んで、ってことは、さっき口にしていらした志強とかいう方に連絡するってことよね……その方と私が眠らされていることとなにか関係あるのかしら。いやいや、それより、その方そもそもこの後宮に入れるの?)

花琳の頭の中は疑問符だらけであった。いったい雪梅は花琳をどうしようとしているのか。それに誰も入れないはずの後宮に彼女の兄を呼ぶとは。簡単に入れるとしたら、ここの警備はどうなっているのか。

(これは煌月様に文句を言ってやらないといけないわね)

そこまで思ったところで、花琳は煌月に会わないと言ってしまった自分を後悔した。

(あー、もう、私のバカ。……やっぱり煌月様とお話ししたいな……)

雪梅がこんな人だとわかっていたなら、けっして会わないなんて言わなかったのに。けれど、いまさら後悔しても遅いのだ。

「あらあら……本当にぐっすり眠ってしまっているのね。ふふ……花琳様、起きたらもっとたくさんこの薬を飲ませて差し上げるわ。すぐに、いいところに連れていってあげる」

今まで聞いたことがないほど、ゾッとするような冷たい声で雪梅が寝ている花琳に話しかける。その声を聞いて花琳は自分がどこかへ連れていかれるのだと悟った。

(待って、待って、私がなにをしたっていうのよ。いいところってどこ? もう、なんなの? それに雪梅様って、本性はこんな方だったのね……なんか欺されたって感じだわ)

とにかく連れ去られる前に、なんとかしなければ。

たぶん、彼女の兄という人間が花琳を連れ出すように算段しているのだろう。その兄が今どこにいるかは知らないが、一刻も早くここから出る必要がある。

そのとき、廊下から急いたような足音が聞こえてきた。そのすぐ後に、「雪梅様」という侍女の声が聞こえる。

「静かになさい」

声を潜めた雪梅の声。

「も、申し訳ありません。……その……花琳様のところの白慧《びゃくけい》様がいらして……」

白慧、という名前を耳にして花琳は安堵した。なんていい頃合いにやってくるのか。

(さすが白慧……! ああ、もう、大好き!)

絶体絶命だった花琳に一筋どころか、何万本もの光明が見える。これでここから出られるはず。

「追い返して。花琳様はもうお帰りになったと言いなさい」

「そ、それが……そう申し上げても頑としてお帰りにならず……このままでは強引に入ってこられます」

「とにかく、花琳様はここにはいないと言いなさい」

「は、はいっ」

雪梅と侍女の会話の後、花琳はすぐさま顔を上げ、そして大きな声を上げた。

「白慧！　ここよ！　すぐに来て！」

言うなり、花琳は椅子から立ち上がり、房から出ようと扉へ駆け寄った。

いきなり花琳が起き上がって驚いたのは雪梅だろう。まさか今の今まで眠っていた花琳が起きるとは思っていなかったに違いない。一瞬、なにが起こったかわからないという戸惑った表情を見せたが、すぐに正気に返る。

「花琳様を出してはなりません！」

そう言うなり、雪梅は花琳の袖を摑み、引っ張った。雪梅の侍女はおろおろとしている。

「やめて！」

花琳は雪梅を振り払おうとする。だが、花琳より上背のある雪梅は力も花琳より強い。勢いよく彼女が花琳の袖を引いたせいで、袖がビリッと破れてしまった。が、そのおかげで彼女を振りほどくことができ、花琳は扉の側に立っていた侍女を押しのけるやいなや、走って逃げる。

「白慧！　どこ⁉」

廊下を駆けながら花琳が叫ぶと、「花琳様！」と頼もしい声が聞こえた。

そして花琳が回廊に出たとき、白慧の姿が見えた。駆け寄ってくる白慧に花琳は手を伸ばす。

「……！　花琳様！　ご無事でしたか……！」

あと少しで、白慧の手に届く、と思ったときだ。

ヒュンッ、という風を切る音がしたと思うと、白慧は花琳の身体を抱え込むなり、強引に転がった。同時に床板へ吹き矢が突き刺さる。

「花琳様、私の後ろに！」

白慧はそう言うと、矢が飛んできたほうへ視線をやる。花琳も同じ方向を見た。

「――――！」

視界に入ったそれを見て、花琳は驚く。声も出せずにいると、白慧が口を開いた。

「そこか！　紫蘭《しらん》！」

言うのと同時に白慧はいつの間にか取り出した流星錘《りゅうせいすい》を投げた。白慧が呼んだ名は花琳もよく知るものである。忘れようと思っても忘れられない名前だ。

煌月暗殺についてや、哥《か》の街の黒麦汚染に加担しており、一度は捕縛されたものの脱走して行方《ゆくえ》知れずになっていた女である。

そして今、花琳もこの目で彼女の姿を見たのだった。

この芙蓉宮に姿を現したということは、彼女はまた後宮に舞い戻ってきているのか。

白慧はどうやら紫蘭がいることを知っていたのだろう。でなければ、即座に紫蘭の得意とする吹き矢の攻撃を避けることはできなかったはずだ。

花琳はふと、以前に芙蓉宮の門のあたりですれ違ったことがある、羽根と横笛を持った女性のことを思い出した。あの香りは紫蘭のものではなかったか。どこかで嗅いだことがあると思ったのは……。

（ああ！　もう！　あのときには紫蘭はもう後宮内に潜入していたんだわ）

悔しい、と地団駄を踏むが、後悔しても遅い。

紫蘭がまたこの後宮に入り込んでいた、ということや、雪梅と繋がっていたことに花琳は衝撃を受けていた。またも彼女にここを引っかき回されるとは。

おそらく舞の師匠というのは紫蘭で、彼女が静麗《せいれい》や玉春《ぎょくしゅん》によからぬものを与えていたのだと考えられる。もしかしたら、一番はじめの芥子殻入りの痩せ薬も市中の痩せ薬もすべて彼女が関わっているのかも……。市中の痩せ薬には阿片入りのものがあると聞いた。

それに玉春と静麗に香だと言って与えたものも阿片の可能性がある。彼女たちのあの様子のおかしさからすると、きっと。

（やりかねないわね）

だとしたら、この後宮を阿片まみれにしてそこから宮中を陥れようとでも思っていたのかもしれない。以前煌月の暗殺に失敗したことで、別の策に打って出たのだろう。白慧が投げつけた流星錘は紫蘭には当たらなかったらしい。紫蘭はまたもや逃げていったようだった。だが、今は紫蘭を捕まえることが目的ではない。

「お怪我《けが》はありませんか」

「ええ、大丈夫。でも……今のは……」

白慧の手を借り、立ち上がって、紫蘭の消えた方角へ視線をやる。花琳の視線の意味を理解したらしい白慧が「はい、紫蘭でございます」と厳しい口調でそう言った。

「それより、白慧、よくここへ来てくれたわね」

花琳が安心したように大きく息をつく。そう言うと、白慧が「虫の知らせというやつですよ」と、苦笑する。

「というか、まあ……色々と」

白慧も疲れたというように大きく息をついた。

「とにかく、帰りましょう。ここにいてはいけません」

その言葉にもちろん、と花琳は大きく頷いた。もうこれ以上ここにいてはいけない。一刻も早く立ち去りたい。

白慧とともに回廊を出ようとしたとき、目の前に雪梅が現れた。

花琳はぎゅっと唇を噛む。なにか彼女に言ってやりたいと思ったが、なにも出てこない。ただ心の中に悔しさや悲しさがない交ぜになった気持ちだけが、渦を巻いている。

「……私、雪梅様はいいお友達だと思っていたの。違っていたのね」

花琳がようやくそう口にすると、雪梅はふん、と鼻を鳴らした。

「友達？ そんなことあるわけがないわ。私、一度たりともあなたを友達だなんて思ったことはなくてよ。──お忘れなの？ ここは後宮よ。あなたがいなければ、陛下は私のものだと思っていたのに……まさか起きていたなんてね。すっかり欺されたわ」

じろりと睨まれる。その目つきを見て、花琳は残念な気持ちになっていた。もうこの美しい琴の音を奏でる人と話をすることはないだろう。

それに、言うに事欠いて欺されたとは。欺したのはどっちだ、と思いながら花琳は口を開く。もう、彼女に対して、怒りすら湧いてこない。

「……どいてくださらない？ 私、もうあなたの顔も見たくないの」

花琳はそう言いながら、雪梅の横をすり抜けていく。彼女の横を通り過ぎるときに、少し涙が滲んだ。

李花宮へ戻ると、秋菊が心配そうに出迎えてくれた。

「ご無事でようございました。お帰りが遅いのでどうしたものかと……芙蓉宮へお迎えに参りましたら、花琳様はお帰りになったの一点張りだったのです。そうしましたら、白慧様がお帰りになりましたので……」

そういうことか。花琳は白慧が本当にいい頃合いに来てくれて助かった、と心から思う。あれ以上遅かったら、花琳はどこかに連れ去られていたはずだ。

「ありがとう、秋菊。なんとか大丈夫よ。ただ……袖が破れて、ちぎれちゃったの……気に入っていたのだけど……」

はあ、と花琳は溜息を落とした。しかし、損なったのが、この袖くらいで済んでよかったのだと思う。

「また、お買いになればよろしいですよ」

白慧が慰めるようにそう言った。

まだ白慧には芙蓉宮であったことをなにも話してはいない。彼も花琳が落ち着くまでは無理に聞くまいとしているのだろう。

ビリビリに破れた衣裳を着替えると、ようやく人心地ついたような気になった。

「秋菊、お茶と花琳様が召し上がれそうなものを用意してください」

白慧は秋菊にそう指示すると、彼女を部屋から出した。これで白慧と二人きりになる。

ようやく話ができる、と花琳が思ったとき、白慧のほうから水を向けられた。

「なにがありましたか」

やはり白慧はすごい。花琳の気持ちをすべてわかっている。そう思って小さく笑うと、どうかしたのか、というようにちらりと横目で見られた。

「うん……あのね――」

花琳は芙蓉宮であったことを話す。あのとき白慧が来てくれなかったら、逃げ出すことは困難だっただろう、そう言うと白慧は目を瞑って、大きく息をついた。

「私が花琳様をお迎えに上がったとき、芙蓉宮に紫蘭が入っていくのが見えたものですから、これはと思ったのです。……あの女狐《めぎつね》は懲りもせずまた煌月様を狙っているのかもしれませんね」

偶然が重なったとはいえ、その偶然に花琳は助けられたのだ。改めて安堵する。

白慧の口から煌月の名が出て、花琳は懐に入れていたものを、はたと思い出した。

「そうよ、白慧。これを煌月様に見てもらうようにお願いして」

言いながら、懐から花琳に飲ませられそうになった茶葉の入った薬包紙の包みと、黒い花を差し出す。

「花琳様……これは……」

花琳が手渡した包みの中身と花を目にして、白慧は非常に驚いている。

「白慧？」

首を傾げながら聞くと、白慧は
「この黒い花はいかがなさったのですか」とすごい剣幕で花琳に訊ねた。

「え……これは……雪梅様が持っていたの」

借りた本に挟んであったものだが、本を返す際にうっかりこの花を自分の房に落としてしまっていたらしい。これも雪梅に返さなければならないが、こうなった以上、もしかしたらこの花には秘密があるのかもしれない。だとしたら煌月に鑑定してもらったほうがいい。白慧は花琳の話を聞くと、薬包紙と黒い花をすぐさま懐に入れる。

「では、これからまた虞淵《ぐえん》殿のところに参ります。煌月様にこれをお渡しして、中身を確認していただくお願いもして参ります」

「わかったわ。気をつけてね」

かしこまりました、と白慧が言い、椅子から立ち上がる。

「……本当にこんな薬を私に使う人をお相手に選ぶなんて、煌月様ってば見る目がないんだから……」

ぽつりと独り言をこぼすと、白慧が振り返って「今、なんとおっしゃいましたか？　煌月様が雪梅様となにかあるのですか」と聞く。花琳は慌てて口をふさいだが後の祭りだ。

「え、えっと、その……」

しどろもどろに言い訳をしようとするが、それは白慧には通じない。結局、なにもかもすべてを白状させられた。

白慧は花琳の話を聞いて、大きく息をついた。きっと呆れてしまっているのかもしれない。

「辛い思いをされたのですね」

確かにこの気持ちは辛い、と花琳は思う。こんなにも胸が痛くなることはこれまでなかったのだから。しゅんとしていると、白慧はふっ、と小さく微笑んだ。

「でも――事実は案外違っているかもしれませんよ。花琳様が貴重な情報を持っていらっしゃいましたし……そうですね、花琳様の誤解も解けるかもしれません」

「誤解……？」

白慧の言うことは、まるで謎かけだ。花琳にはまったくわからないが、白慧には花琳が見えていないものが見えているのだろうか。

「はい。煌月様はおそらく……雪梅様とはお会いになっていらっしゃいませんよ。雪梅様と抱き合っていたのは別の方の可能性が大きいかと」

「え⁉　だって、見たのよ！　この目で！」

あれは煌月だった、と花琳は主張する。が、白慧は「そうですね」と相づちを打つだけだ。

「ですが、煌月様ご自身が御花園には行っていないとおっしゃっているのでしょう? 煌月様は花琳様に嘘をつくような御方《おかた》ですか?」

「でも……」

煌月は嘘をつくような人ではない。それはわかっている。飄々《ひょうひょう》としてはいるが、ごまかすような真似はしない誠実な人だ。けれど……だったら自分の見たものはいったいなんだというのだ。

「――煌月様の偽物の話はご存じですね」

それを聞いて、花琳はハッとした。今の今までその存在をすっかり忘れていた。煌月本人からもその話を聞いていたというのに。

「え……じゃあ、もしかして……本当に?」

「ええ。私もその男を見かけたときには、花琳様と同様に、本物の煌月様ではないかと思ってしまうほどでした。ですから、特に暗がりなら煌月様と見間違ってもおかしくなかったでしょう。そしてその男が御花園にいてもおかしくなかった。――というのは、たった今、花琳様からお預かりしたこの黒い花……芥子で確信いたしました」

なんでも雪梅の持っていた黒い花は芥子の花で、その芥子の栽培に関わっていたのが煌月の偽物だという。その男は白慧や虞淵も目を疑ったほどそっくりだということだった。

「それに、あの芙蓉宮には紫蘭が出入りしていましたね」

花琳は頷く。つい今し方襲われたばかりだ。それこそ彼女の顔を見間違うはずがない。

「あの女がもし手引きしていたとしたら、警備の目を盗んで男が入ってきた可能性もなくはない。彼女の手腕をもってすれば、後宮に手引きするくらい容易いことでしょう。だとすれば、雪梅様と抱き合っていたのは偽物の男……そう考えるのが自然ではないですか」

「それなら……私……煌月様にひどいことを言ってしまったわ……」

花琳はしゅんとしょげた。

煌月ははじめから、御花園には行っていないと言っていたのに。花琳はその言葉を信じなかった。知らなかったとはいえ、疑って、嫌な感情を煌月にぶつけてしまったことを、いまさらながら後悔する。

「仕方ありませんね。まさか偽物があれほど似ているとは、煌月様自身もご存じないことですし。実際見てみないとわかりません。花琳様でもおわかりにはなれなかったのですから。花琳様の誤解だったと、これをお願いするときに虞淵殿に一緒に伝えておきます。事情がわかれば、きっと煌月様もお許しになります」

「……そうだといいのだけど」

「とにかく、この薬の件も含めて、出かけて参ります。大丈夫ですよ」

白慧は安心させるように花琳にそう言い置いて、また出かけていく。白慧と入れ替わりに秋菊が入ってきた。

彼女は熱いお茶と、それから小豆《あずき》の甘い汁を花琳の前に出す。小豆の汁の中には団子のようなものが入っていた。

「……おいしそう」

ふわっと鼻腔《びこう》をくすぐる豆の香りが食欲をそそる。

「温まりますよ。召し上がってみてください」

そう促されて、花琳は小豆の汁を匙で掬《すく》う。口の中に入れると、甘い味が広がった。蜜で煮ているのか、とてもおいしい。一口大の小さな団子も、もちもちとして空腹のお腹に染み渡った。

ひと匙、ひと匙、と口の中に運ぶ。時折、お茶を挟んで、また小豆を食べる。それはとても身体にも心にもやさしい味で、張り詰めていた気持ちがほどけていくようだった。

秋菊の作ってくれた小豆汁のおかげなのか、はたまた雪梅と逢い引きしていたのが煌月ではなかったとわかり、ホッとしたせいなのか、花琳はその夜ぐっすりと眠ることができた。

「お目覚めですか」

起きると、秋菊が朝餉《あさげ》の用意をしてくれていた。粥《かゆ》と羹……は、今朝《けさ》は川海老《かわえび》と野菜を煮たものだ。少しでも滋養をつけようとしているのが感じられ、自分がどれほど恵まれているのかを実感する。

「ありがとう、秋菊。おいしそうね。川海老なんて、この時期はなかなか捕れないと聞いたことがあるわ」

おいしい、と羹の中の川海老を口にする。一度焼いてから椀《わん》の中に入れているらしく、とても香ばしい味で食欲が増す。

「そうなんですか。その川海老は花琳様に、と文選《ぶんせん》様が朝早くにお持ちになったものでございますよ」

文選が、と花琳は驚いた。

きっと白慧が虞淵に昨日起きたことを伝え、それで文選に伝わったのだろう。やはり気が利く人だ、と感心していると秋菊が「ご一緒に、花琳様へのお手紙をお持ちになりました」と文選からという手紙を花琳に渡した。

「お手紙？」

文選が手紙など花琳にくれるとは思ってもみなかった。しかし文選のことだ。どうせ事務的なものだろうと、なにも気にせず花琳はそれを開いた。

「えっ……！」

開いて、花琳は目をぱちくりとさせた。思わず何度も見返したほど、書いてあることが信じられなかった。

「……よかったあ……」

すべて読み終えて、花琳はその手紙を胸にぎゅっと抱く。そこには、文選ではなく煌月からの言葉が綴られていたのだった。

誤解が解けてよかった、またお会いしましょう、と簡単な言葉ではあったがそれはなにより花琳にとってうれしいものだ。

「そんなにうれしいお手紙だったのですか？」

緩む頰を抑えられない花琳に秋菊がふふ、と笑う。

「ええ！　ええ！　とっても！」

白慧の言うとおり、煌月はちゃんとわかってくれる人だった。今度お会いしたら、きちんと非礼を詫《わ》びよう、そう思ったときだ。

李花宮に仕える侍女のひとりが、秋菊を呼びに来た。それに応じて、秋菊は房から出ていく。花琳は朝餉の残りをうれしい気持ちのまま食べていた。

「ふぁ、花琳様っ……！　た、大変です……っ！」

ややあって、秋菊が慌てたように花琳の元に戻ってきた。いつになくとても狼狽えている。それが証拠に自分の裙を踏みつけて、危うく転びそうになったくらいには慌てていた。

「大変？　なにがあったの？」

最後の粥ひと匙を飲み込んだ後で、花琳は秋菊に聞き返す。だが、秋菊はかなり動揺しているのか、あわあわとしたまま言葉が出てこないでいる。

「どうしたのよ、落ち着いて」

花琳が言うと、ようやく息を整えた秋菊がしどろもどろに「へ、へ……」と口にする。

「もう、秋菊ってば。どうしちゃったの」

「へ、陛下が……！　煌月陛下が……！　いらしているのです……っ」

秋菊の言葉に花琳は持っていた匙を落としそうになる。が、すんでのところで正気に返った。また会いましょうと手紙には書いていたが、まさかすぐにやってくるとは思わなかった。

けれど――。

(煌月様らしいわ)

クスクスと笑うと、秋菊がぽかんとした顔をして花琳を見つめている。煌月が現れたと聞いて、気がどうにかなったとでも思ったのだろうか。

「秋菊、大丈夫よ。支度をするから、待っていてくださいとお伝えしてきて」

花琳の返答に秋菊は「は、はいっ！」と返事をし、煌月の元へと飛んでいった。

支度を終えた花琳が煌月の前に現れたのは、それからややしばらく経ってからである。すっかり待たせてしまったが、突然やってきたのだから仕方ないだろう。煌月は文選を伴っており、中庭にいた。遠目でもきらきらしい姿に花琳は釘づけである。

そうして小走りに駆け寄った。

「煌月様！」

煌月の前に立ち、拱手《こうしゅ》する。

「花琳様、そんな気遣いは無用ですよ。いつものとおりになさってください」

そう言われて、花琳は舌を出し、肩を竦めた。そのやりとりを見ていた秋菊はきっとものすごく驚いたことだろう。なにしろ陛下の前で、取り繕うことのないいつもどおりの花琳自身を見せつけているのだから。

「ありがとうございます。それから……私、煌月様にたくさんたくさん謝らないといけないの。本当にごめんなさい」

「いいのですよ。虞淵と白慧殿から聞きました。あれは不可抗力だったのですから、花琳様が誤解なさっても仕方ないことでしょう」

「でも……私、とてもひどいことを言ってしまったわ」

しゅん、としょげる花琳に煌月はやさしく微笑みかけた。

「そうですね。私も花琳様に会わないと言われたときには、とても寂しい気持ちになりましたから。でもこうして謝ってくださったでしょう？　ですから、もうお気になさらなくていいのですよ」

ふわりといつにも増して優美な笑顔を贈られる。きれいな人はきっと心まできれいなのだ。やさしい煌月の言葉に花琳は胸が熱くなる。うれしくて、ホッとして、感情が溢れてくる。そうして色々な気持ちが込み上げて、ぽろりと涙をこぼした。

「花琳様⁉」

突然涙を流す花琳に煌月は狼狽える。

「私がなにかいたしましたか」

「いいえ、いいえ、そうではないのです」

花琳は首を横に振って、煌月のせいではないと答える。ただ、うれしくて……また煌月と話ができるのがうれしいだけだ。

「それならよかった。さあ、これで涙を」

花が刺繍された手巾を渡され、それで涙を拭う。そうしてもう間違えない、と心で誓った。

「ごめんなさい。また煌月様とお話しできると思ったら、うれしくて」

「それは私も同じですよ」

「よかった……」

花琳はようやく笑顔を見せた。その笑顔を煌月は見守るように見つめていた。

「——ところで」

互いに誤解が解けて、元のとおりになったところで、煌月が切り出した。

「花琳様からいただいた、雪梅様のところにあったお茶ですが……本当に飲まれてはいませんね？」

強い口調で聞かれ、花琳は大きく頷いた。あのお茶は一滴たりとも飲んでいない。匂いは嗅いだがそれだけだ。

「一緒に出された、酸棗仁……だと思ったのですが……その棗の実は囓りましたけど、お茶は飲まずに捨てました。酸棗仁は入っているし、前に煌月様に伺った、蓮の実の芯は入っているし、芥子殻もあって、ただのお茶にしてはなにかおかしいなと思って」

すると煌月がホッとしたように安堵の息をつく。

「それはよかった……」

「やっぱり飲んではいけないものだったのですね」

「ええ。麻の葉や、花穂も入っていましたから。……それらはすべて気をおかしくさせる作用があるのです。ですからあれを飲んだら花琳様もおかしくさせられる可能性がありました」

あの茶の中に入っていた様々な葉などを思い出して、花琳はゾッとした。飲まずに済んだのは、煌月に薬のことを教えてもらっていたからだ。知らないで飲んでいたらと思うと、恐ろしくてたまらなかった。

「それから黒い花、あれはこの笙《しょう》にあってはならないものでした。花琳様があれを託してくださったおかげで、色々なことがわかってきました。よく私を頼ってくださいました。礼を言います」

ありがとう、と煌月は花琳に言った。

黒い芥子を見て白慧も驚いていたが、それほどのものだったのか、と花琳は目をぱちくりとさせる。もしやと思っていたが、やはり煌月のためにはよかったらしい。

「あの黒いお花、芥子だと白慧から聞きました。あのお花を育てている人と雪梅様が関係あると煌月様もお考えですか？」

「そうですね。あの黒い芥子は非常に珍しいものです。幻と言われているほどのものですから、持っている者が近くに複数いるということ自体が疑惑の対象になると思うのですよ」

「黒い芥子を育てていた人が、煌月様の偽物って白慧が言っていました」

そしてその偽物が雪梅と抱き合っていたのだ。二人が恋仲だとするなら、なぜ雪梅は後宮になどやってきたのだろう。

「ええ、おっしゃるとおりですよ。志強という男が私の偽物で、その男が痩せ薬の大元締め。そしてその黒い芥子を栽培して阿片を製造している……それは白慧殿と虞淵が突き止めています」

「志強ですって……？」

花琳は大きな声を出した。

「志強がどうかされましたか？」

「……あの、雪梅様が……私が眠ったふりをしていたときに、志強兄様と呼んでいたものですから」

──志強兄様。

雪梅はあのとき……花琳が寝たふりをしていた際、そう言っていたではないか。志強兄様、と。では、あの二人はどういう関係なのか。雪梅に兄妹はいない。そして二人は抱き合うほどの仲である。

雪梅はこうも言っていなかったか。「志強兄様とまた一緒にいられる日も近い」と。なぜあのとき彼女はそう言ったのだろう。

「兄様？　では、兄妹なのでしょうか」

「いいえ、雪梅様にはご兄妹はいないと伺っております。なのに、兄様、とはっきりおっしゃっていました。いったいどういうことなのでしょう」

ふと、花琳は雪梅から借りた本のことを思い出した。

禁断の実兄との恋、そして恋人のために悪事に手を染めた女性の話……黒い花が挟まっていたのは――。

「……もしかして、本当の兄妹なのかもしれません。あの、私、前に雪梅様にお借りした本が……」

雪梅の愛読書の話をし、黒い花が挟んであったのは、実兄との恋物語のほうだったと煌月に話をした。それを聞いた煌月は振り返って「文選」と側にいた文選を呼びつける。

「華慶楼でございますね」

命じる前から、文選は煌月が言わんとしていることがわかっていたようで、すぐに雪梅の実家の名前を口にした。煌月は満足そうに頷く。

「さすが理解が早い。華慶楼で雪梅の出自を調べてください」

かしこまりました、と文選はすぐに下がり、李花宮を後にした。

文選が去った後、花琳は煌月と二人きりになってしまい、にわかに緊張する。これまで煌月と二人きりでも普通にできていたのが嘘のように、心臓がうるさい音を立てていた。

まるで身体の中に太鼓が入っているかのように、大きな音がしきりに鳴り響く。

（わー、どうしたの、私……！　今までなんでもなかったじゃない）

鎮まれ、鎮まれ、と花琳は自分の胸に手を当てる。煌月のことを好きなのだ、と気づいたら、意識せずにはいられなかった。

「花琳様」

呼ばれて、花琳は飛び上がり「は、はいっ」と答えた声も裏返ってしまう。

「私の話を少し聞いてくれませんか」

こちらへ、と促されて、花琳は煌月の隣におずおずと足を進める。ふわりと煌月が愛用している香のやさしい香りが鼻腔をくすぐる。香の選び方にも人柄が表れている、と花琳は思う。嗅いでいると、とても落ち着いて、それは煌月と話をしていると感じる心地よさと同じものだった。

ふいに煌月は花琳の手を取る。

「こ、煌月様っ⁉」

突然のことに頭の中が真っ白になる。以前に怪我をした際、手当てのために手を取られたことはあったが、なにもないのにこんなふうに、そっと手を握られたことはない。

「花琳様――私は常々、誰かと添い遂げるということはあってはならないと思い込んでいました。……私自身が常に命を狙われる立場ですし、どなたを娶ってもそのお相手に累が及ぶと考えていたからです。私の正妃になれば、非常に危険な目に遭わせかねない」

命を狙われているというのは、花琳自身もこの目で見た。まさか笙王の毒殺未遂を目の当たりにするとは思ってもみなかったが、彼の話は大袈裟《おおげさ》でもなんでもなく確かな事実だ。だから、彼がこれまで妃嬪を迎え入れなかった、ということも理解できる。

「ですが……花琳様に、もう会わない、と言われたとき、ここのところに……」

言いながら、煌月は胸のあたりを空いた手で押さえる。

「とても大きな穴が開くのを感じました。……ものすごく寂しくなって――こんなことははじめてでした」

花琳と同じ思いを煌月もしていた。雪梅と煌月（ではなかったが）が抱き合っているのを見たときに感じたのと同じ気持ちを、煌月も抱いていたと知る。

「――さっき、あなたの笑顔を見たとき、私は家に戻ってきたような、そんな気持ちになったのですよ。おかしいでしょう？　私には家などあったためしがなかったというのに、そんな気持ちになったのです」

ここは――煌月にとって王宮ではあっても、《家》ではない。寝起きして、執務はするが、ただそれだけの場所だという。

「私は《家》に憧れていたのです。……昔、虞淵の家で一時世話になっていたことがありました。家族は仲がよく、とても温かくて居心地がいい……ホッとできる場所でした。けれど、それは虞淵の家であって、私の家ではない。……私には無縁のものだと思っていたんですよ」

でも、と煌月が言ったところで、花琳はふっと顔を上げた。その目線の先にはやさしく微笑む彼の顔。

「でも、あなたがいらして笑ってくださった。……そのとき、私の心に明るく日が射して……ああ、いつもあなたが側にいてくださったらいいな、と。この笑顔のあるところにいたい、正妃を娶るならあなたがいいな、と思いました——花琳様」

(え、え、え……、ええっ⁉ い、今っ、今なんとおっしゃいましたか……！ なんかものすごいことを聞いたような気が……！ 待って待って待って……！)

煌月の発言に理解が追いつかない。非常に重大なことを言っているのはわかるが、言葉がすんなり頭の中に入ってこないでいる。

(だって、正妃って、正妃⁉ あの正妃⁉ 白慧が聞いたら卒倒しちゃうかもしれない。だって私が?)

花琳の頭の中は混乱していたが、それでも時間が経つにつれ、言われたことをようやく嚙みしめられるまでになった。

それに「いつもあなたが側にいてくださったらいいな」という言葉。これは以前に煌月が呟いていたもの……あれは夢でも幻聴でもなかった。

(……私も、言ってもいいのかな……)

正妃、というのはともかく、煌月にとって自分が側にいることで少しでも気持ちが軽くなるのなら、側にいてあげたい。そして側にいたいと思う。

花琳も自分の気持ちを伝えたい、と勇気を出して煌月の顔を見る。

「私も、娶られるなら煌月様がいいです」

そう言うと、煌月はくす、と小さく笑いを漏らす。

(えっ、私なにかおかしいこと言ったかしら)

一瞬不安に陥っていると、煌月は笑いを堪えられないというように、声を出して笑った。

「もう! なにがおかしいんですか!」

人がせっかく勇気を出して言ったのに、と頬を膨らませていると、次の瞬間には目の前が真っ暗になった。煌月に抱きしめられているとわかったのは、耳元で彼の声が聞こえたからだ。

「……本当に、そういうところが大好きですよ」

煌月の香りが花琳をしばらく包み込んでいた。

第九章　煌月、哥の街を鬨がせた悪党を成敗す

数日後、文選《ぶんせん》と花琳《ふぁりん》は白慧《びゃくけい》を伴い、芙蓉宮へ出向いた。

面会を求めると、雪梅《せつばい》はそれを拒んだが、文選が煌月《こうげつ》の使いだと告げるとしぶしぶ応じた。

「雪梅様、志強《しきょう》という男をご存じでしょうか」

開口一番、文選がそう告げると、雪梅の目には明らかに動揺の色が浮かんでいた。顔は青ざめ、唇がわなわなと震えている。

「い、いいえ……そのような方は存じ上げません」

平静を保つようにそう口にしたが、震える声が抑えきれないでいる。文選はそのことにはなにも構わず、話を続けた。

「そうですか。実は志強という男がご禁制の芥子を栽培しておりましてね、その男の行方を捜しております」

「それでなぜ私が」

キッと睨むように雪梅は文選を見る。不当だというような、厳しい口調だった。

「――ご実家へ伺って参りました。志強は雪梅様の兄上だそうですね。……幼い頃に雪梅様は華慶楼へ引き取られて、離ればなれで育ったということですが。……今でも、お会いになっていらっしゃるのではないのかと」

「だからどうだと言うのです。兄とは華慶楼に私が引き取られてから、会ってはおりません。言いがかりも大概になさいませ」

憤っていると言わんばかりの剣幕に、文選はまったく動じず、「失礼いたしました」と返す。

「今日は確認のために参っただけでございます。お会いになられていないのなら、それでよろしゅうございます。では、これで失礼することにいたします」

文選は席を立った。

花琳も席を立ったが、そのすぐ後に雪梅の元へ足を向ける。

「雪梅様、これを……」

そう言って、黒い花の押し花を雪梅に返す。それを見て、雪梅の顔色が変わった。

「な……なぜ、あなたがこれを……」

「雪梅様からお借りした本に挟んでありました。本をお返しするときに、うっかり落としてしまったみたいで、これだけお返しするのを忘れていたので……」

では、と花琳は踵を返す。雪梅は黒い花を手にしてただ茫然としているだけである。花琳にそれ以上なにか言い返すどころか花琳など目に入らないように、ぼんやりとして動かずにいた。

戻る道すがら、文選に「あれでよかったのですか」と聞く。

「ええ、上出来ですよ」

「雪梅様は……かなり衝撃を受けていらしたようだけど、本当にこれからなにか動きがあるのかしら」

志強の話をしたときも、それなりに動揺していたようだったが、それ以上に動揺したのは黒い花を渡したときだった。もしかしたら、彼女はあの花を本の間に挟んでいたことを忘れて、花琳に貸してしまったのかもしれない。

「動くでしょう。雪梅様は志強のために後宮へやってきたのですから。その志強がお尋ね者になったと聞けば、必ず」

この訪問については、要は賭けであった。

志強と繋がりのある雪梅に揺さぶりをかければ、きっとなんらかの動きがある。これで志強をおびき寄せられるのではと、画策したものだ。

文選が調査したところによると、雪梅と志強は繹《えき》の出身だという。十年前の戦の際、国境近くにいた二人は巻き込まれて孤児となり、山賊まがいのことをしながら笙《しょう》に流れ着い詐欺まがいの商売をしていたらしい。元々志強は頭の回転がよかったが、その頭脳はまともなことには使わず、詐欺のようなことをして食い繋いでいたようだ。また、ちょうど華慶楼では一人娘を病で失ったところで、その噂を聞きつけた志強は、雪梅を華慶楼へ養女に出した。美しい少女だった雪梅は華慶楼の主夫婦に気に入られ、以来、彼女は華慶楼の娘として過ごしてきた。

今回の後宮入りは、華慶楼の意向というより、雪梅の強い意向だったらしい。おそらく、志強がそこに絡んでいるのでは、と文選は睨んでいた。

かつて志強とともに《仕事》をしたことがあるという男を探し当てて聞いたところによると、志強は雪梅を妹とは言わず、自分の女だと言っていたらしい。そして雪梅を後宮に送り込み、彼女を使って痩せ薬を蔓延させ、後宮も王宮も皆阿片漬けにと考えていたようだ。さらに煌月《こうげつ》まで阿片漬けにした後は、雪梅を煌月の正妃にさせ、その後煌月を殺《あや》めて、顔が似ている自分が成り代わればいいと酔ったときに話をしていたということだった。

「恐ろしい。まったくなんてとんでもないことを考えるの？　——でも……よく、煌月様のお顔がわかったわね。いつご覧になったのかしら……」

「年に一度、正月には国民の前に顔を出しますからね。そのときに自分の顔と煌月様が似ているとわかったのでしょう」

志強が滅多に人前に顔を出さなかったというのも、きっと自分の顔が市中で知られると、後々都合が悪いと考えたからかもしれない。

「とにかく、これで雪梅様が動けば……その志強という人が見つけられるかもしれないのね」

「ええ。どこに隠れているのか、まだ見つけられていないようですから……志強が営んでいる妓楼にも書肆にも、まったく立ち寄っていないらしいですね」

「申し訳ありません、捜しきれず」

横から白慧が口を挟む。昨日、ようやく李花宮へ戻ってきたが、志強の行方だけは判明せずじまいだったらしい。そこでこの訪問に至ったのだが、その志強を野放しにしておけば、また同じことが繰り返される。

「いえ、白慧殿が謝ることではありません。元は私どもの仕事。お手伝いいただいただけですから、気に病むことはありません。それに今も人を増やして捜索に努めております。雪梅様はおそらく志強に接触するでしょうから、そこを逃さないようにするだけですよ」

「しかし……気になるのは紫蘭が関わっていたことです。先日は取り逃がしてしまいましたが、またよからぬ企みに加担しているのでしょう」

いつも筆の災難にはあの女の姿がある。なんとしてもこの国を墜《お》としたいとでも思っているのか。

「よほど、煌月という王が目障りなのでしょうね。でも、そうはさせませんよ」

「ええ。私も煌月様には長くこの筆の王でいていただきたいと思っております。——花琳様のためにも」

白慧がにやりと笑って、花琳を見た。

昨日李花宮に戻ってきた白慧に、彼が留守の間、花琳になにかあったことを悟られ、洗いざらい打ち明ける羽目になったのだ。おかげで今日は揶揄われっぱなしである。

花琳は気恥ずかしいのをごまかすように、そっぽを向いて話題を変えた。

「……でも、雪梅様が悪事の片棒を担いでいた、というのは私、まだ信じられないの。私に本を貸してくれたときの無邪気な笑顔とか、琴を演奏なさっていたときの楽しそうな姿とか……あれは作り物ではなかったような気がして」

雪梅の奏でる琴の音はとても澄んでいて、美しいものだった。あんな琴を演奏できる人が、とまだ花琳は信じられない。ひどい目には遭ったが、なんとなく憎みきれないでいた。


雪梅が後宮から姿を消したのは、花琳らが彼女と面会したその夜のことである。

そうなるだろうということは予想の範疇であり、よって後宮の警備もあえて薄くし、彼女には尾行がつけられていた。もしかしたら、雪梅と接触するために後宮に志強が現れるかもしれず、そうなれば志強を捕らえられると考えた。しかし志強は現れず、雪梅が後宮から出ていっただけだった。

「まったく煌月ときたら人使いが荒い」

「毎度その言葉しか出てこんな」

「だが、こんな尻拭い、まかせられるのは私たちだけだろうからな」

「確かにな。まあ、あれを守ってやれるのも俺たちだけだ」

「そうですね。我々は一蓮托生《ぐえん》ですから」

仕方ない、と文選と虞淵は肩を竦め、雪梅を追う。もちろん、虞淵の部下も街中に散らばっていて、もはや志強は袋のねずみといったところである。どこから出てきても見逃すことはないはずだ。

しんと静まり返った哥《か》の街を、町娘に身をやつした雪梅が小走りに駆けていく。やがてたどり着いたのは、さびれた妓楼だった。

「ここも志強の持ち物だったのか」

虞淵がどこか感心したように、はあ、と大きな息をつきながらそう呟いた。志強というのは思いのほか、多数の妓楼を所有していたらしい。虞淵らが調べた店だけではなかったということだ。

「盲点だったな」

まさかこんなさびれた妓楼にまで志強の手が及んでいるとは思わなかった。だが、雪梅がここに入っていったということは、ここに志強が潜んでいるのだろう。どうりで見つからなかったはずである。

虞淵は近くにいる部下の一人を呼び寄せ、なにかを指示する。部下は虞淵の指示を受けて、どこかへ走り去っていった。

そのすぐ後、「それじゃあ、参りますか」と文選の顔を見る。文選は虞淵の言葉に頷いた。

志強が潜伏していると思しきさびれた妓楼には、人の気配がほとんどなかった。

「逃げたか⁉」

「いや、雪梅様が出てきていない。それに志強らしい者もまだ見ていない」

「では、中に隠れている可能性が高いか」

虞淵と文選は妓楼の中に足を踏み入れる。大きな妓楼の多くの部屋をひとつひとつ虱《しらみ》潰《つぶ》しに捜していく。人の気配もなかったが、ようやく見つけた隠し部屋のような一番奥の部屋に雪梅がいた。窓は開けられ、志強が逃げ出したと思わせるような様子であった。

いきなり文選と虞淵の男二人が押しかけたことに、雪梅は狼狽《ろうばい》する。

「なっ、なに……！」

「雪梅様、後宮を抜け出すとはどういうことでしょうか。ご許可は出しておりませんが」

「謀《はか》ったわね……！」

目を吊り上げ、雪梅は文選と虞淵を睨む。唇をわなわなと震わせ、怒りを露わにしていた。

「別に謀ったわけではありませんよ。志強をあぶり出すために一役買っていただいただけで。それに志強を捜しているのは本当ですからね。あなたが勝手に出てきただけです」

房の外で複数の足音が聞こえる。虞淵の部下のうちの何人かが、妓楼に入ってきたのだろう。これから家捜しがはじまるはずだ。

「雪梅様、志強はどこに。隠し立てするとあなたにとってもよくありませんよ」

文選が諭すように言う。

「志強！ 出てこい！ この妓楼は俺の部下で取り囲んでいる！ 逃げても無駄だ！」

妓楼中に響き渡る声で虞淵が叫ぶ。そのとき雪梅が立ち上がり、

「いやああああああっ！ やめて！ やめて！ 志強兄様！ 逃げて！」

雪梅が髪を振り乱し、なりふり構わず文選に摑みかかる。だが、か弱い女性の力だ。文官とはいえ、それなりに鍛えている文選の相手にもならない。文選はさっと身体を翻すと、雪梅の肘を取り、ひねり上げた。

「女の方にこのような手荒な真似はしたくないので、おとなしくしていただけるとありがたいのですが」

「う……うるさいっ！ 放して！」

文選が雪梅とやり合っていたそのとき、窓の外から風を切る音とともに、なにかが飛んできた。

「文選っ！」

気づいた虞淵が声を上げる。と同時にカチン、と金属音がして飛んできたものが落とされ、床に突き刺さる。それは小刀であった。

「危ないところでしたね」

言いながら現れたのは、白慧である。小刀を阻止してくれたのは彼だったらしい。と思うと外からなにか大きなものが落ちる物音がし、ガサガサという葉のすれる音が聞こえた。

「志強だ！　逃げたぞ！」

その声に、虞淵と白慧が顔を見合わせ、外へ飛び出す。

逃げたのはやはり男で、身のこなしも素早い。足も速く、虞淵でもなかなか追いつけないでいた。

じきに夜明けなのか、あたりが少しずつ明るくなっている。

先ほどまでは一筋の光も射さぬ真っ暗闇であったのに。そう思いながら虞淵は男の後を追う。白慧はおそらくどこかから回り込むつもりなのかもしれない。少し前から姿を消していた。

「くそっ」

志強の足の速さと体力だけは計算外だった。妓楼や書肆の主だから、ということで少し見くびっていたのかもしれない。追いつけないことに焦りを感じていた。

しかし、志強のさらに前方にとある人影を見つけ、虞淵は叫ぶ。

「そいつだ！　捕まえろ！」

志強もまさか前方に人がいたとは思わなかっただろう、慌てて道を変えようとしたが、今度は飛び出してきた犬が彼の足に嚙みつく。風狼《ふうろう》だ。さらに志強は前方から投げられた流星錘によって、その場に倒される。

そしてあえなく確保されたのだった。


志強を確保したのは白慧であった。

雪梅と志強の二人を捕まえたときには朝日が昇りはじめており、その朝日の中で見る雪梅は元の美しさは失せ、ただ疲れ果て見るに耐えない様子であった。

「こうなったからには後宮から出て、牢《ろう》に入っていただくことになりますよ」

文選が雪梅に言うが、彼女はずっと顔を背けたままでなにも聞いていないようである。

フン、と鼻を鳴らし、舌を打つ様はとても大店の令嬢とは思えないはすっぱな態度である。白慧はその様子に思わず口を出さずにいられなかった。

「花琳様は、あなたのことを本当に好いていましたよ」

すると雪梅はようやく白慧のほうへ顔を向け、にたりと笑う。

「私はこれっぽっちも好きじゃなかったわ。あんな女大っ嫌いよ。あのときは失敗したわ。せっかく阿片漬けにして、妓楼に売ってやろうと思ったのに。元公主だもの、きっと引く手数多《あまた》だったわよ」

アハハハ、と甲高い声で笑う雪梅に怒りが込み上げ、白慧は手を上げる。

「白慧！　やめて！」

白慧の手が振り下ろされる寸前、花琳の声がした。

声のほうへ顔を振り向けると、花琳と煌月の姿が目に入った。きっとまた煌月にねだったのだろう。危険だから待っているようにとあれほど言ったのに、と白慧は嘆息する。

「花琳様」

それにしても花琳を侮辱したことについては、相応の仕打ちをしなければ腹の虫が治まらないと思っていたのに、当の花琳に止められてしまってはそれもできない。

「なによ、同情？」

雪梅がギリギリと歯噛みしながら花琳を睨む。

「違うわ。私の大好きな白慧の手を痛めつけたくなかっただけ。あなたには触れる価値もないから。――でも、一時は、あなたのことが好きだったから、もう傷ついて欲しくないって思ったのも本当」

「……ふん、いい気味だって思っているでしょ」

「いい気味だとは思わないけど、自分の罪はちゃんと認めて」

「そういうきれい事ばかり言っているところが嫌いだって言うのよ。虫唾《むしず》が走るわ」

「そうかもしれないわね。きっと雪梅様は、あの人のためにすべてをなげうっていたんでしょうから。でもね、私にはその気持ち、今なら少しだけわかる。好きな人のためになんでもしてあげたい……だからこんなことしたんでしょう？　あの人が雪梅様の大事な方なのよね」

志強のほうを見ながら言う花琳の言葉に、雪梅は明らかに動揺していた。

「……なにを知っているのよ」

「なにも知らないわ。ただ……雪梅様の読まれていた本が、あまりにもせつなかったから。そしてとてもあの本を大事にされていたから」

それを聞いて雪梅はハッとした顔をする。そして花琳になにかを言いかけたとき――。

「うわっ！」

声と同時に、志強を確保していた兵がその場に崩れ落ち、次の瞬間には白刃が朝日を反射して煌めく。志強が雪梅めがけて隠し持っていたと思しき匕首《あいくち》を振りかざした。

「雪梅様……っ！」

花琳はその白刃から雪梅を庇《かば》うように抱きしめる。花琳の背に白刃が迫ったそのとき、花琳と刃《やいば》の間に煌月がその身を滑り込ませ、手にしていた長刀の柄で志強の腹を鋭く突き、打ちのめす。それは凄《すさ》まじい剽悍《ひょうかん》さで、ほんの一瞬の出来事に誰もが目を瞠った。

だが、志強はすぐに身体を起こすと、煌月に向かってくる。

「死ねッ！」

再び、切っ先を突きつけてくる。あわや、と思ったが、今度は虞淵の長刀がそれを阻んだ。高い金属音を鳴らし、刃を撥《は》ね除《の》ける。

「おまえの相手は俺だ。……ったく、手こずらせんじゃねえ」

言うなり、志強に立ちはだかる。だが、志強は素早く、虞淵も防戦一方となりかけるほどだった。それでも志強を追い詰め、虞淵が一撃を加えようとしたとき、まったく違う方角から、何かが志強と虞淵の間に投げつけられた。それは地面にぶつかると、小さな爆発音を立て、途轍もない煙を吐き出した。

「わわっ、なんだ！　この煙は！」

その煙はあたりを真っ白く包み、皆の視界を奪う。中には咳《せ》き込む者もいて、そこいらじゅうを混乱に陥れた。

だが、刃を交える音は続いていた。また、風狼の勇ましい鳴き声も聞こえてくる。叫び声や、微かな息遣いまで花琳の耳に次々に届く。

「花琳様、大丈夫ですか」

煌月の声に「大丈夫です」と花琳は答える。ぎゅっと手を握られ、その手の温かさに安心する。心強い手に不安を覚えることはなかった。

そのときである。視界を遮る煙幕を切り分け、黒い影が空を飛んでくる。

「お命頂戴ッ！」

声とともに風を切る音が聞こえた。これは刃が振り下ろされる音。煌月とともに斬られるのだろう。

「煌月様……っ！」

花琳が死を覚悟し、ぎゅっと目を瞑ったその瞬間、隣にいた煌月の身体が動き、二つの鋭い金属音と、それからヒュン、となにかが投げつけられる音がした。同時に呻《うめ》く声が聞こえ、どさりと足元になにか大きなものが落ちる気配とともに、土煙が上がった。

やがて煙幕が薄くなり、花琳は足元を見る。

そこには気絶した紫蘭《しらん》の姿。首には流星錘が巻かれていた。また、すぐ側の地面には胡《こ》蝶剣《ちょうけん》が刺さっている。

「手こずりましたね。現れるとは思っていましたが、煙幕とは予想外でした」

口にしながら、煌月が笑って言う。あの瞬間、煌月は紫蘭の刃を撥ね除けたのである。

そしてこの流星錘は――。

「花琳様、煌月様、ご無事ですか……！」

白慧が駆け寄ってくる。

「ええ、無事よ……怖かったけど、煌月様がいらしてくださったから」

見上げて煌月を見ると、彼は花琳を見て微笑んでいる。

（くーーーーっ！　こんな危ない目に遭っても、この笑顔！　最っ高……っ！　さすが煌月様……！　無敵！　顔でも無敵なら、武術でも無敵……！）

心で、大いに叫びながら花琳はホッとしたように笑った。

「白慧殿、加勢ありがとうございました。この流星錘のおかげで、うまく気絶させられましたよ」

「間に合ってようございました。煙幕の中でしたので、もし煌月様か花琳様に当たってしまったらと、少しヒヤヒヤいたしましたが」

「いや、さすがの腕前です――さて、あちらもなんとかなったようですね」

煌月が顔を振り向けたほうへ、花琳も目を向けると、虞淵が志強を取り押さえていた。側で誇らしげに風狼が「ワンッ！」と吠えた。

終章　花琳と煌月、これからはじまる二人の物語に微笑む

捕らえた志強《しきょう》と紫蘭《しらん》は、牢破りなどできない地下牢へと繋がれることになった。特に紫蘭は今度こそ逃すわけにはいかなくなった。一度ならず二度も笙を陥れようとしたことについて厳罰を科することになる。また、繹《えき》との関係も問わねばならない。聞きたいことは山ほどあった。そのため、さらに厳重に監視がついている。

尋問しても彼らはほとんど口を割らずにいるが、雪梅《せつばい》の証言で少しだけ不明だった点が明らかになった。

繹の出身である志強は紫蘭の手駒だったということである。紫蘭に夢中になっていた志強は彼女の言いなりだったという。繹にしかない、黒い芥子を持ち込んだのも紫蘭の差し金だった。あの黒い芥子は、調べによると、繹が極秘裏に栽培を進めているものだという。そのため持ち出すことができるのは、限られた者のみとのことである。

雪梅に紫蘭という人間の正体を訊ねたが、彼女は首を横に振った。紫蘭がどういう人間なのか雪梅は聞かされていないらしい。志強の言うままに、紫蘭を後宮に舞の師匠として

引き入れたり、花琳《ふぁりん》をどうにかしようとしたりはしたが、それだけだ、と。

とはいえ、繹が裏で糸を引いているのは明らかなのに、どうにも手を打てないのは歯痒いが。

ただ、紫蘭と繹との繋がりが確実であることがわかった。それだけでも収穫といえば収穫か。

雪梅の処分については、身柄を実家に引き取ってもらうこととなった。雪梅自身は、牢に入ることを望んだが、華慶楼の主夫婦が何度も何度も陳情にやってきたのである。

華慶楼は店を閉め、雪梅を連れて田舎に引きこもるとのことであった。これまで手塩にかけた娘である。もう一切、志強には関わらせたくないらしい。雪梅のことを本当の娘だと愛してやまないようで、煌月《こうげつ》もその意に添うように処分を決めた。

雪梅はあれから、おとなしくしている。処分が決まるまでの間留め置かれた牢でも、不平不満を言うでもなく、どこか憑《つ》き物が落ちたように、穏やかに過ごしていた。

——志強兄様は、私を誰よりも愛していると言っていたけれど、私のことなんか好きではなかったの。でも私のことを利用したかったから……。

愛という便利な言葉で、雪梅のことを繋ぎ止めておいて、利用するだけした。雪梅は自分が志強に殺されそうになって、やっとそれを理解したのだと、そう言った。

——兄様が必要だったのは、私の顔と大店の娘という肩書きだけ。

結局、志強兄様の駒でしかなかったのでしょう、と雪梅は静かに言う。兄妹として生きてきたものの本当は兄妹ではなく他人であったらしい。兄妹というと都合がよかったからそうしてきただけのようだ。

恋人にも肉親にもなれなかったわ、と寂しく呟いた雪梅の言葉が花琳の耳にいつまでも残っていた。

芥子畑については、煌月の指示ですべて焼き払った。そこで働いていた子たちと、それから書肆にいた子たちについては、すべて助け出すことができたらしい。

しかし、件の書肆についても見習うことが多々あるとして、あのようにみなしごたちを雇い入れ、大学などにある貴重な書物の写本や印刷をまかせてはどうかと文選《ぶんせん》から申し入れがあったため、近々そうなるだろうとのことだった。

その話を聞いて、花琳は子どもたちの居場所が失われることがなくてよかった、と安堵する。

やはり静麗《せいれい》と玉春《ぎょくしゅん》は阿片を摂取させられていた。一度は身も心も健康を危ぶまれた二人だが、こちらは静麗が出家し、玉春はまだ体調が思わしくないことから、地方の療養所で過ごすらしい。まさか自分が阿片に手を染めるとは思っていなかったようで、どちらもひどく消沈していたという。阿片の恐ろしいところは、それを断っていてもすぐに戻ってしまうことだ。聡《さと》い二人は潔く後宮から去ることにしたようだった。

「なんだか寂しくなりました」

結局、四人いた妃嬪のうち、残ったのは花琳だけになった。ついこの前まで、賑やかな声が聞こえていたが、どの宮にももう誰もいない。がらんとした後宮にはまだ慣れないでいる。

「たくさん妃嬪がいたほうがよいですか？」

李花宮の庭を歩きながら煌月が言う。

庭の木々の葉はすっかり赤や黄色に色づいており、この庭に多く見られる李も色づいた葉を地面に落としていた。

じきに厳しい冬がやってくるが、その冬を越したらまた、この庭の李の木には可愛らしい花が咲き乱れることだろう。今から春が来るのが楽しみである。

「いっ、いえっ！　それは……！」

三人でもあれほど大変な目に遭ったのだ。

まさに物語そのものの妃嬪同士の蹴落とし合いや小競り合い、陰謀にまたもや自分の身も危ういところだった。もうお腹いっぱいになっている。平和すぎて退屈なのもどうかと思うが、さすがにあれほど激しい出来事はそうそう起こらないで欲しい——だからたくさんの妃嬪などとんでもないことである。あの激しさがまた舞い戻ってくることを考えると……花琳の背中がぞくりとし、身体が思わずぶるりと震えた。

命がいくつあっても足りない。それに――。

「……煌月様が他の御方のところに行くのは嫌です……」

ぼそぼそと小声でそう口にすると、煌月は目を大きく見開き、そして口を開く。

「私もここにあなただけいればそれで。……なにかあってもここに帰ってくればいいと、思える場所にようやくなったようです」

「それは……ここが煌月様にとってのお家になったということですか？」

その問いに、煌月は目を細めて口元を綻《ほころ》ばせた。

二人の目が合ったとき、「陛下」と迎えが煌月を呼びに来る。これから朝議が開かれるらしい。すんでのところで国全体の薬物汚染を止めることができたとはいえ、まだその影響はそこかしこに残っている。今後の対策について協議するのだそうだ。

難しいことはすべて文選にまかせているから、気楽なものですよ――と煌月は言うが、その実、すべての絵を描いているのは、このしたたかな人だと知っている。

ただ、これまで被《かぶ》っていた、《ぼんくら》という仮面がそろそろ剝がれつつあり、お歴々の間に「もしかして」と疑問の目で見られるようになってきたというが、それはそれでもういいのではないだろうかとも花琳は思うのだ。

「時間のようですね。まったくご老体は、時間にうるさくて仕方ない」

煌月が面倒なことだとばかりに、小さく息をつく。その仕草が子どもみたいだ、と花琳がクスクスと笑った。

「煌月様って、たまに子どもみたいなときがおありよね」

「そうですか？」

「ええ」

「では、子どもみたいに振る舞いましょうか——そうですね、じゃあ、遠回りして帰りましょう。このまますぐにご老体の前に行くのもちょっとしゃくですし。お付き合いいただけますよね？」

ね、といたずらっぽい笑みを浮かべ煌月が誘う。

もちろん！　と花琳は返事をする。

かさこそと落ち葉を踏みながら、雲ひとつない澄んだ青空の下を二人は歩いていった。

本作品は書き下ろしです。

二見サラ文庫

本作品に関するご意見、ご感想などは
〒101-8405
東京都千代田区神田三崎町2-18-11
二見書房 サラ文庫編集部 まで

笙国《しょうこく》花《か》煌演義《こうえんぎ》2
～本好《ほんず》き公主《こうしゅ》、いざ後宮《こうきゅう》へ～

2021年12月10日 初版発行

著者 野々口《ののぐち》 契《ちか》

発行所 株式会社 二見書房
東京都千代田区神田三崎町2-18-11
電話 03(3515)2311［営業］
03(3515)2314［編集］
振替 00170-4-2639

印刷 株式会社 堀内印刷所
製本 株式会社 村上製本所

落丁・乱丁本はお取り替えいたします。
定価は、カバーに表示してあります。

ISBN978-4-576-21180-0
https://www.futami.co.jp/sala/

二見サラ文庫

目が覚めると百年後の後宮でした

～後宮侍女紅玉～

藍川竜樹

イラスト＝新井テル子

紅玉が目覚めるとそこは百年後の後宮!?　元皇后付侍女が過去の知識を生かして後宮に渦巻く陰謀と主君の汚名をすすぐ！